서반아 비극

The Spanish Tragedy

영국 르네상스 극문학선 08

서반아 비극

초판인쇄 2020년 3월 10일 **초판발행** 2020년 3월 17일
지은이 토머스 키드 **옮긴이** 이성일 **펴낸이** 박성모 **펴낸곳** 소명출판 **출판등록** 제13-522호
주소 서울시 서초구 서초중앙로6길 15, 1층
전화 02-585-7840 **팩스** 02-585-7848 **전자우편** somyungbooks@daum.net **홈페이지** www.somyong.co.kr

값 13,000원 ⓒ 이성일, 2020
ISBN 979-11-5905-509-6 03840

The Spanish Tragedie:

OR,

Hieronimo is mad agains.

Containing the lamentable end of *Don Horatio*, and
Belimperia; with the pittifull death of *Hieronimo*.

Newly corrected, amended, and enlarged with new
Additions of the *Painters* part, and others, as
it hath of late been diuers times acted.

LONDON,
Printed by W. White, for I. White and T. Langley,
and are to be sold at their Shop ouer against the
Sarazens head without New-gate. 1615.

1615년 4절판본의 표제지

가르침을 주신 선생님들을 기억하며

영국 르네상스 극문학선 08

서반아 비극

토머스 키드 지음 ▌ 이성일 옮김

소명출판

영국 르네상스 극문학 번역에 임하며

영국문학사를 통틀어 볼 때, 무대공연을 목표로 하는 창작활동이 가장 왕성하게 이루어진 것은 엘리자베스 1세(재위 1558~1603)와 제임스 1세(재위 1603~1625), 두 임금 치하의 시대였다. 이 시대에 쓰인 극문학 작품들을 '엘리자베스 왕조의 극문학(Elizabethan Drama)'과 '제임스 왕조의 극문학(Jacobean Drama)', 이렇게 둘로 나누기도 하지만, 이런 시기적 구분은 실상 큰 의미가 없다. 편의상 정치적 배경을 문학사적인 구분에 차용한 것밖에는 그 둘 사이에 어떤 선을 긋는 것을 정당화할 특별한 이유가 없기 때문이다.

영국의 극문학사 전체를 통해 황금기라 불러도 좋을 이 시기에는 실로 많은 극작가들이 활동했고, 그중에는 셰익스피어가 극작가로서 원숙기에 이르기 전, 극복해야 할 경쟁상대로 여겼던 크리스토퍼 말로(Christopher Marlowe, 1564~1593)를 비롯하여 걸출한 극문학의 대가들이 포진하고 있었다. 셰익스피어가 〈햄리트〉를 쓰게 된 동기를 찾아 무대 공연 역사를 거슬러 올라가면, '복수'라는 명제를 작품의 중심에 놓고 극이 진행되다가, 종국에는 무대를 피로 물들이는 장면으로 끝나는 〈서반아 비극(The Spanish Tragedy)〉을 쓴 토머스 키드

(Thomas Kyd, 1558~1594)가 있었다. 당시 런던 무대에 회오리바람을 일으켰던 말로나 키드 말고도, 셰익스피어를 비롯한 많은 극작가들을 배출한 시기였으므로, 엘리자베스 1세와 제임스 1세가 통치하던 이 시대는 가히 영국 극문학의 전성기라고 보아야 할 것이다.

영국 극문학에서 셰익스피어가 차지하는 비중이 워낙 크기 때문에, 동시대의 다른 극작가들에 대한 관심이 적은 것은 자연스러운 일인지 모른다. 그러나 이 시대의 극문학을 전체적으로 조감하려는 노력을 소홀히 한다면, 독자 또는 관객이 셰익스피어의 극문학을 제대로 평가하고 이해하는 데에 커다란 허점을 남기는 상황이 되고 말 것이다. 셰익스피어도 결국은 영국 르네상스 시대에 활약했던 많은 극작가들 중의 하나였을 뿐이다. 많은 봉우리들이 있었지만, 그중에 가장 우뚝 솟은 것이 셰익스피어였다. 그리고 그 최고봉의 장엄함을 다시금 확인하기 위해서라도 우리는 동시대의 다른 극작가들의 작품들을 읽을 필요가 있다.

셰익스피어의 작품들을 제외한 영국 르네상스 극문학은 우리나라 독자들에게 잘 소개되어 있지 않은 것이 사실이다. 심지어는 영문학 전공 대학원 과정에서마저 셰익스피어와 같은 시대에 활동했던 다른 극작가들의 작품들을 교과과정에 포함시키는 경우가 극히 드문 것은 실로 안타까운 노릇이다. 오랜 세월 교수생활을 하며 셰익스피어 수업 못지않게 큰 즐거움을 갖도록 해 준 영국 르네상스 극문학 작품들을 선별하여 번역함으로써, 일반 독자들에게 영문학의 한 국면을 소개하는 데에 일조함은 물론, 영문학을 전공하는 후학들에게 조금이나마 도움을 줄 수 있었으면 하는 것이 나의 소망이다.

'영국 르네상스 극문학선'을 기획하고 출판하는 것에 선뜻 동의해 주신 소명출판의 박성모 사장님, 공홍 편집장님, 그리고 세심한 노력을 기울이며 편집에 임한 편집부에 감사드린다.

이성일

일러두기

1. 이 번역의 근간이 된 원전 텍스트는 C. F. Tucker Brooke와 Nathaniel Burton Paradise 가 공동 편집한 *English Drama, 1580-1642*(D. C. Heath, 1933)에 실려 있는 *The Spanish Tragedy*이다. 그리고 Andrew S. Cairncross가 편집한 *The First Part of Hieronimo and The Spanish Tragedy*(Regents Renaissance Drama Series, 1967)도 수시로 참고하며 번역에 임하였다.

2. 이 작품의 텍스트는 1592년에 출판된 텍스트와 1602년에 Ben Jonson에 의해 보완된 것으로 알려진 텍스트가 있는데, 후자는 Cairncross 교수도 지적하였듯, 불필요하게 작품을 길게 만든 감이 있고 극적인 밀도와 긴박감을 오히려 감축한 결과를 낳았으므로 전자를 택해 번역하였다.

3. 이 번역이 일반 독자들을 염두에 둔 것이긴 하지만, 영문학을 공부하는 학생들이 원전을 읽어 나갈 때에 도움이 될 번역본을 제공하고 싶은 마음도 컸기 때문에, 가급적이면 원전에서의 행 구분을 좇아 번역에 임하려 노력하였다. 원전의 시행 전개가 번역에 반영되는 것을 목표 삼기는 하였으나, 두 언어가 갖는 속성의 차이로 인하여 행의 숫자가 반드시 일치하지는 않음을 독자는 이해할 것이라 믿는다.

목차

등장인물

안드레아의 혼령 [도입부와 코러스에 등장]

복수의 정령 [도입부와 코러스에 등장]

스페인 국왕

돈[1] 싸이프리언 ········· 카스틸 공작, 스페인 왕의 아우

로렌조 ················· 카스틸 공작의 아들

히에로니모 ·········· 스페인의 대법관

호레이쇼 ·············· 히에로니모의 아들

돈 바줄토 ·············· 노인

포르투갈 부왕(副王)

발사자르 ·············· 포르투갈 부왕의 아들

돈 페드로 ·············· 포르투갈 부왕의 아우

알렉산드로 ·········· 포르투갈 귀족

빌루포 ················· 포르투갈 귀족

페드린가노 ·········· 벨-임페리아의 하인

크리스토필 ·········· 벨-임페리아의 감시자

---

1 '돈(Don)'은 이름 앞에 붙이는 경칭으로 영어에서 'Mister'에 해당한다.

써베린 ················ 발사자르의 하인

벨-임페리아 ··········· 카스틸 공작의 딸, 로렌조의 누이

이사벨라 ·············· 히에로니모의 아내

스페인의 대장군

포르투갈 대사

히에로니모의 부관

로렌조의 사동

이사벨라의 하녀

전령

교수형집행리

시민들, 무언극에서의 인물들, 관리들, 파수꾼들, 횃불 드는 사람들, 그밖의
시종들

장소 : 스페인과 포르투갈

1막

The Spanish Tragedy

1장 [도입부]

[안드레아의 혼령과 복수의 정령 등장]

안드레아 영원히 지속되는 본질인 내 영혼이

내 방자한 육신 속에 갇혀 지내며, 영혼과 육신이

각기 제 구실을 하며 서로 보완하며 지내는 동안,

나는 서반아 궁전에 거처하는 한 궁신이었더랬소.

내 이름은 안드레아였고, 나의 혈통으로 말하자면,   5

비록 비천하지는 않았으나, 내 젊은 나날에 누렸던

행운을 생각하면, 그야말로 과분한 것이었소이다.

왜냐하면 내 나이가 한창이었을 때, 나는

벨-임페리아라는 이름으로 불리던 고귀한 신분의

여인을 성심으로 섬기면서 그녀의 사랑을 받으며   10

은밀한 관계를 향유하였었기 때문이라오.

그러나 여름날 같은 기쁨을 한창 누릴 즈음,

죽음의 겨울이 만발하던 내 기쁨을 매몰차게 빼앗아

나의 사랑과 나 사이를 갈라 놓고 말았다오.

그 이유인즉, 포르투갈과의 지난 번 전쟁에서   15

나는 용맹을 다해 위험을 마다하지 않았기에

치명상을 입고 그만 죽음을 맞게 되었던 것이오.

내가 죽음을 맞자 내 영혼은 곧바로

아케론[1] 강을 건너려 하계로 내려갔다오.

그러나 유일한 뱃사공인 심통 사나운 캐론이[2] 말하길,　　　　20

나의 장의(葬儀)가 제대로 치뤄지지 않았으므로

내 영혼은 그의 나룻배를 탈 수 없다는 것이었소.

태양이 테티스의[3] 무릎에서 세 밤을 지내며

연기 오르는 전차(戰車)를 테티스의 물에 적시기 전에,[4]

우리들의 대법관의 아들인 돈 호레이쇼에 의해　　　　25

나를 위한 장례와 추모 절차가 거행되었다오.

그제서야 하계의 뱃사공은 만족해하며,

탁류 흐르는 강 건너로 내 영혼을 건네주었으니,

그 강은 사나운 아베르누스로[5] 인도하는 것이었다오.

그곳에서 달콤한 말로 케르베루스를[6] 구슬려　　　　30

그 끔찍스런 관문을 무사히 통과하였다오.

거기서 멀지 않은 곳에 일만의 영혼들 가운데

1　아케론(Acheron)은 지옥에 있는 강으로, 죽은 자의 영혼은 이 강을 건너 하계에 들어
　　간다고 믿었다.
2　캐론(Charon)은 아케론 강의 나룻배 사공.
3　테티스(Thetis)는 바다의 요정들(Nereids) 중의 하나인데, 영웅 펠레우스(Peleus)와의
　　사이에서 아킬레스(Achilles)를 낳았다.
4　다시 말하면, 죽고나서 채 사흘이 지나기 전에.
5　아베르누스(Avernus)는 이탈리아 남부에 있는 호수로서 지옥으로 들어가는 입구로
　　알려졌다.
6　케르베루스(Cerberus)는 지옥문을 지키는 개.

미노스, 애아쿠스, 라다만스가 앉아 있었소.[7]

이네들에게 내가 다가서며 방황하는 내 영혼이

관문을 통과하도록 허락해 줄 것을 청원하자,   35

새겨 놓은 점괘 다발에서 한 장을 뽑아

나의 삶과 죽음의 양상을 훑어 보았다오.

그리고 말하길, "이자는 사랑에 살고 죽었군.

그리고 사랑을 위해 전운(戰運)을 시험하였고,

전운으로 인해 사랑과 생명을 둘 다 잃었구나."   40

애아쿠스가 말하길, "그렇다면 이곳을 떠나

사랑의 들판에서 연인들과 함께 거닐면서

영원히 지속될 시간을 짙푸른 관목들과

싸이프리스의[8] 그늘 아래에서 보내도록 합시다."

라다만스가 말하길, "안 될 말씀이오. 전사(戰士)를   45

연인들과 함께 지내도록 할 순 없지요.

전장에서 죽었으니, 전장으로 보내야 해요.

거기서는 부상당한 헥토르가[9] 영원한 고통을 겪고,

아킬레스가 머미돈[10] 전사들과 전장을 누비고 있소."

---

7 미노스(Minos), 애아쿠스(Æacus), 라다만스(Rhadamanth)는 하계(Hades)의 심판관
   들이다.
8 싸이프리스(Cypress)는 흔히 사랑의 슬픔과 연결되는 나무.
9 트로이(Troy)의 프리아무스(Priamus) 왕의 장남인 헥토르(Hector)는 아킬레스
   (Achilles)의 창에 맞아 죽었다.
10 아킬레스(Achilles)가 이끄는 전사들은 머미돈(Myrmidons)이라 불렸다.

그러자 셋 중에 가장 너그러운 심판관인 미노스는   50

상충되는 의견을 중재하려 이런 제안을 하였다오.

"이자를 우리들의 주군이신 하계의 군왕께 보내어

이자에게 가장 합당한 판결을 내리시도록 하세나."

그리하여 나의 행선지는 즉시 결정되었던 것이오.

플루토의[11] 궁전으로 가는 동안 영원히 지속되는   55

칠흑 같은 밤의 그늘을 지나며 내가 얼마나 무서운

광경을 목격하였는지는 필설로 다 이를 수도 없고,

인간의 가슴으로는 상상도 할 수 없는 것이었소.

거기에는 세 갈래 길이 있었는데, 오른쪽에는

앞서 말한 두 들판이 펼쳐져 있었고, 제각기   60

연인들과 피에 젖은 전사들이 있는 들판이었고,

그 어느 한 쪽도 그 경계가 분명치가 않았다오.

왼쪽으로는 무섭게 아래로 쏠린 길이 있었는데,

지옥의 심연으로 곧바로 내려가는 길이었다오.

거기선 잔혹한 분노의 여신들이 쇠 채찍을 휘갈기고,   65

불쌍한 익씨온이[12] 끝없이 수레바퀴를 돌리고 있었소.

거기서는 고리대금업자들이 녹는 금으로 질식하고,

바람둥이들은 추악한 뱀들에 몸이 엮이어 있었고,

---

11 플루토(Pluto)는 하계를 다스리는 왕.
12 익씨온(Ixion)은 헤라(Hera)를 범하려 하였는데, 제우스(Zeus)의 노여움을 사서 영원히 돌아가는 수레바퀴에 묶였다.

살인자들은 죽지 못해 견뎌야 할 상처로 신음하고,

사기꾼들은 끓는 납물 속에서 삶아지고 있었으니,　　　　　70

온갖 죄악들은 고통으로 응징을 받고 있었구려.

이 두 길 사이에 난 가운데 길을 나는 걸었으니,

나는 아름다운 녹색 엘리지움으로[13] 인도되었다오.

그 한가운데에 웅장한 탑이 하나 서 있었는데,

담은 청동으로 되어 있고, 문들은 금강석이었소.　　　　　75

거기서 플루토가 프로서피나와[14] 있는 것을 보고,

무릎을 꿇고 겸손하게 내 통과증을 보여 주었소.

그러자 아름다운 프로서피나는 미소를 짓고는

자신만이 나의 평결을 내리게 해 달라고 청원하였고,

플루토는 기꺼워하며 입맞춤으로 이를 허락하였소.　　　　80

프로서피나는 곧 그대 복수의 정령에게 귓속말을 하며

나를 '뿔의 문들'을[15] 통해 안내하라 일러 주었으니,

고요한 밤으로 접어들어가는 꿈을 꾸도록 함이었지.[16]

프로서피나가 말을 마치자 우리 둘은 여기 왔는데

---

13 엘리지움(Elysium)은 축복받은 영혼이 사후에 거주하는 낙원.
14 프로서피나(Proserpina)는 하계의 여왕이자 플루토(Pluto)의 왕비. 플루토는 명왕(冥王)이다.
15 '뿔의 문들(the gates of horn)'은 '상아의 문들(the gates of ivory)'과 함께 잠과 꿈으로 인도하는 문들인데, 전자는 진실된 꿈을, 후자는 거짓된 꿈을 꾸도록 인도한다고 믿었다.
16 연극을 꿈의 세계의 일환으로 보는 생각이 투영되어 있는 부분이다. 이 세상을 하나의 무대로 보고 인간의 삶을 연극으로 보는 생각은 오랜 전통을 가지고 있다. *Theatrum mundi*의 상념이 그것이다.

—어찌 된 일인지 모르나—눈 깜짝할 사이였구려.

복수의 정령 허면, 안드레아, 알도록 하게.

여기 왔으니, 자네의 죽음을 야기한 장본인이었던

포르투갈의 왕자 돈 발사자르가 벨-임페리아에 의해

죽임을 당하게 되는 모습을 보게 될 것이네.

우리 여기 앉아 신비로운 운명의 얽힘을 보세나. 90

그리함으로써 이 비극의 코러스 역할도 하세나.¹⁷

---

17 여태까지 지루할 정도로 긴 설명조의 도입부가 있었는데, 이는 극의 본체에서 진행
될 사건의 배후를 설명하기 위해 불가피한 설정이었다. 그러나 셰익스피어에 이르러
서는 이런 부자연스런 '도입부'는 사라진다. '액션의 한가운데로 뛰어들음(in medias
rei)'이 보다 세련된 기법이다. '코러스'는 그리스 비극에서와 마찬가지로 '해설자'라
는 의미를 지닌다.

2장

[스페인 궁정]

[스페인 국왕, 대장군, 카스틸 공, 히에로니모 등장]

국왕 자, 대장군, 아군의 상황은 어떠하오?

대장군 불운하게도 전사한 몇 병사들을 제외하고는

대체로 건재하옵니다, 전하.

국왕 헌데 경의 안색이 밝고, 이처럼 서둘러

과인에게 달려온 연유가 무엇이오?   5

말해 보오. 우리가 전승을 거둔 것이오?

대장군 전하, 승전이옵니다. 그도 미미한 손실로요.

국왕 허면 포르투갈은 조공을 바칠 것이오?

대장군 조공은 물론, 지난 날 보인 경의도 함께이옵니다.

국왕 그렇다면 하늘과 주님께 감사를 드려야 하오.   10

주님의 가호로 이처럼 정의가 구현되었으니 말이요.

카스틸 [라틴으로] '오, 주님의 가호로 번성하옵소서.

그리고 전하께 불충한 속국들은 무릎 꿇어 마땅하리오.

승리야말로 정당하게 주어진 법의 심판이로소이다.'

국왕 과인의 다정한 아우 카스틸에게 감사를 표하네.   15

헌데, 대장군, 전세가 어떻게 전개되었으며

어떻게 전승을 거두었는지 간략하게 말씀해 주구려.

그리하여 주면, 이미 누리게 된 행복감에 더하여

그대가 들려주는 보고를 듣는 기쁨을 가짐으로써

그대가 이룬 혁혁한 공적에 대해 과인이 내릴 보상을   20

더욱 값지고 무게 있는 것으로 만들 수 있게 말이요.

대장군 스페인과 포르투갈 양 진영의 군세가

서로 첨예하게 맞붙어 군세를 판가름하려 할 즈음,

쌍방은 온갖 위세를 다하여 접전에 대비하였습니다.

양쪽이 다 희망과 두려움에 차 대비를 한 상태였고,   25

쌍방이 모두 군세를 자랑하며 상대를 위협하였고,

양 진영은 각양색색 펄럭이는 군기로 기세를 돋우었고,

나팔 불며, 북 치며, 피리 불며, 사기를 높였고,

쌍방이 지축을 흔드는 굉음으로 하늘을 찔렀으니,

그로 해서 계곡과 언덕과 강이 떠나갈 듯하였사옵고,   30

하늘조차도 그 소리에 겁먹은 듯하였사옵니다.

우리들의 전열은 정방형으로 포진되었사옵는데,

네 모서리는 강한 화력으로 방어되었더랬습니다.

허나 쌍방이 근접전에 이르러 맞붙기 전에

소장은 후방에 배치되었던 정예병들로 이루어진   35

대대를 전방으로 투입하여 접전케 하였습니다.

그러자 적군은 아군을 맞을 일군을 보냈습니다.

그동안 쌍방의 포부대는 불길을 뿜어대었고,
양군의 지휘관들은 용전분투를 감행하였습니다.
적군의 기마부대 지휘관인 돈 페드로는   40
그의 주력부대를 이끌고 아군의 전열을 무너뜨리려
과감하게 공격을 개시하여 왔습니다.
그러나 탁월한 전사인 돈 로제로는
아군의 소총수들을 이끌고 그자를 향해 돌격하여
그자의 사나운 접근을 저지하는 데 성공하였습니다.   45
이네들이 뒤엉켜 싸우며 혼전을 계속하는 동안
양측의 군사들은 백병전을 하기에 이르렀고,
격렬히 쏘아대는 총성은 노도를 방불케 하였으니,
포효하며 휘몰아치는 높은 파도로 대양이
거대한 바위를 쌓아 만든 방벽을 때리고,   50
부근의 육지를 집어삼키려는 듯하였습니다.
벨로나가[1] 여기저기서 맹위를 떨치는 동안,
퍼붓는 탄환들은 겨울 우박을 방불케 했고,
부서져 날리는 창들은 허공을 메웠습니다.
[라틴으로] '보병은 보병과, 창병은 창병과,   55
무기는 무기와, 몸통은 몸통과 맞부딪쳤지요.'
사방에서 지휘관들이 쓰러져 나둥그러졌고,

---

1 벨로나(Bellona)는 전쟁의 여신.

병사들은 사지가 절단되거나 죽음을 맞았습니다.

머리가 잘려 나간 몸통이 쓰러지는가 하면,

풀밭 적시는 피를 뿜는 팔다리가 널리었고,   60

무기와 내장이 터져 나온 군마들이 뒤엉켜

여기저기 흩어져 들판을 붉게 물들였습니다.

세 시간 이상이나 지속된 이 아수라장에서

어느 쪽이 승리할 것인지 예측하기 어려웠습니다.

마침내 돈 안드레아가 용맹스런 창수들을 데리고   65

그들의 주된 전투에서 혁혁한 전과를 세움으로써

적군은 대부분 주눅이 들어 퇴각하고 말았습니다.

그런데 포르투갈의 젊은 왕자 발사자르가

원병을 이끌고 와, 물러서지 말라 격려하였습니다.

그렇게 해서 격렬한 전투가 재개되었고,   70

그 와중에 안드레아는 죽음을 맞고 말았습니다.

용감한 전사였으나 발사자르를 못 당한 겁니다.

포르투갈 왕자가 안드레아를 욕보이고 나서,

오만한 호기를 부리며 아군을 모욕할 때에,

우리의 대법관의 아드님인 호레이쇼를   75

전우애와 용맹이 하나가 되어 몰아부치어,

발사자르에게 일대일 결투를 제안케 했습니다.

두 전사들이 몇 합을 채 겨루어 보기도 전에

발사자르는 낙마의 굴욕을 감내해야만 했고,

그의 적수인 호레이쇼에게 생포되고 말았습니다.   80

발사자르가 생포되자 나머지는 다 도주하였고,

아군의 기총병들은 그자들을 죽음으로 몰았습니다.

마침내 태양이 서쪽 바다로 저물어 들게 되자,

아군의 나팔수들은 퇴각을 알리라 명 받았습니다.

국왕 이 낭보를 전해 줌에 감사하오, 장군.   85

그리고 앞으로 논의할 사항이 있으나, 그에 앞서

이 목걸이를 받고, 그대의 주군을 위해 지니시오.

   [대장군에게 금 목걸이를 하사한다.]

허나 말해 주오. 화친은 확인되었소이까?

대장군 전하, 화친이라시면 잠정적인 것입니다.

저들이 조공을 성실하게 바치는 동안에는   90

전하의 군세는 그 노여움을 거둘 것이옵니다.

그리고 이 평화의 약조에 총독은 서명하였습니다.

   [국왕에게 문서를 바친다.]

그리고 엄숙하게 맹세하였는데, 그가 생존하는 한,

스페인에 성실하게 조공을 바치겠다 하였습니다.

국왕 이 모든 말씀과 성취가 과연 장군답구려.   95

헌데 대법관, 과인과 기쁨을 함께 나누어야겠소.

이 전쟁에서 최고의 무훈은 경의 아들 몫이구려.

히에로니모 그 녀석이 전하를 위해서 건승하고,

그렇지 못할 바에야 사는 보람이 없을 것이옵니다.

국왕 경도, 경의 아들도, 포상을 받아야 하오.　　　　　　100

　　[나팔소리]

　　이 나팔소리는 무엇을 알리려는 것인고?

대장군 소장이 알기로는, 전하의 전사들이,

　　전쟁의 소용돌이에서 살아남은 충성스런 자들이,

　　전하의 면전에 그네들의 모습을 보여드리려

　　편전으로 보무도 당당하게 오는 것일 겝니다.　　　105

　　그리 하도록 소장이 떠나올 때 명하였습니다.

　　그리 함으로써 전하께서 몸소 보시고 아시겠지만,

　　삼백 명 남짓한 전사자들을 제외하고는, 모두

　　안전하게 귀환하였고, 적들을 생포해 왔습니다.

　　[부대 입장. 포로가 된 발사자르 등장. 좌우에 로렌조와 호레이쇼가 함께 등장]

국왕 보기에 좋구려! 가까이에서 보고프이.　　　　110

　　[군부대원들 무대를 가로질러 간다.]

　　과인의 조카가² 의기양양하게 이끌고 가는 자가

　　용명을 떨친 포르투갈의 왕자인가?

대장군 포르투갈의 왕자이옵니다, 전하.

국왕 헌데 다른 쪽에서 그의 팔을 잡고서

　　왕자를 생포한 공훈을 나누려는 자는 누구인가?　　115

히에로니모 소신의 자식놈이올습니다, 전하.

2　로렌조를 말함.

소신은 저놈이 어렸을 적부터 아비로서 갖는

크나큰 기대를 저녀석에게 걸어왔었습니다만,

지금처럼 아비의 눈을 기쁘게 한 적이 없사옵고,

제 가슴을 미어지는 환희로 채운 적도 없습니다.   120

국왕 그들이 이 성벽 주위를 다시 지나게 하라.

과인은 그들의 걸음을 멈추게 한 다음, 그 용감한

포로와 두 호송인들과 몇 마디 말을 나누어 보겠다.

　　　[전령 한 사람 퇴장]

히에로니모, 이번 전쟁에서 경의 출중한 아들이

이룬 전공으로 인해, 경 또한 기여한 바가 크므로,   125

과인은 그 사실을 몹시 기쁘게 생각하는 바요.

　　　[전령을 따라 발사자르, 로렌조, 호레이쇼 다시 등장]

포르투갈의 젊은 왕자를 이리 데려오라. 나머지는

행진을 계속하라. 허나 저들이 해산하기 전에

과인은 병사 한 사람 한 사람에게 이(貳) 다커트를,³

그리고 매 지휘관에게 십(十) 다커트를 하사하리니,   130

그렇게 하여 과인의 기쁨을 표시하고자 한다.

　　　[국왕, 발사자르, 로렌조, 호레이쇼, 히에로니모만 남고 모두 퇴장]⁴

어서 오게, 돈 발사자르! 조카, 반갑구나!

3　'다커트(ducat)'는 화폐 단위.
4　원문의 무대지시문에는 히에로니모가 빠져 있으나, 잇달은 장면에서 히에로니모가
　　말을 하기 때문에 그도 역시 무대에 남아 있다고 보아야 한다.

그리고 자네, 호레이쇼, 어서 오게나.

젊은 왕자, 그대 부친이 과인에게 바쳐야 할

조공을 등한히 하여 과인에게 저지른 불충은   135

과인으로부터 혹독한 응징을 받아 마땅하지만,

스페인은 명예를 존중함을 알게 될 것일세.[5]

발사자르 저의 부친이 평화 시에 범하신 과오는

이제 전운에 따른 응징을 받게 되었습니다.

판가름이 난 마당에, 이유를 논해 무엇하오리까?   140

그분은 병사들을 잃었고, 왕권도 쇠락하였습니다.

군기(軍旗)들을 빼앗겼으니, 명성도 실추하였고,

자식이 억류되었으니, 가슴도 썩어들 것입니다.

이런 응징은 그분의 과오가 치루는 대가이겠지요.

국왕 그렇네, 발사자르. 그분이 이 정전의 조건을   145

준수한다면, 전쟁 다음에 온 평화는 더욱 굳을 걸세.

자유의 몸은 아니나, 노예 같은 억압은 없을 터이니,

자유롭게 마음 편히 지니고 이곳에 머물도록 하게.

과인이 듣기로 자네의 무훈은 탁월한 것이었다니,

과인의 눈에도 자네가 밉게 보이지는 않으이.   150

발사자르 후의에 누가 되지 않도록 하겠나이다.

국왕 헌데 말해 주게. 두 사람이 동시에 주장하니,

---

5 "Yet shalt thou know that Spain is honourable." 여기서 'Spain'은 나라를 지칭하기도 하지
만, '스페인의 왕'이라는 의미도 동시에 갖는다.

자네는 이 두 사람 중 누구에게 잡힌 몸인가?

로렌조 저올습니다, 전하.

호레이쇼 저올습니다, 전하.   155

로렌조 저의 손이 이자의 말고삐를 잡았습니다.

호레이쇼 허나 저의 창이 이자를 낙마시켰습니다.

로렌조 제가 먼저 이자의 무기를 빼앗았습니다.

호레이쇼 허나 제가 먼저 이자가 무기를 내려놓게 만들었습니다.

국왕 명하노니, 그 팔을 놓게. 말하게, 왕자, 누구에게 항복했나?   160

발사자르 이분에겐[6] 예의상, 이 사람에겐 강압에 의해서지요.

이분은 정중히 말했고, 이 사람은 저를 가격했습니다.

이분은 살려 주겠다 했고, 이 사람은 죽이려 들었습니다.

이분은 제 호감을 샀고, 이 사람은 저를 제압했습니다.

사실대로 여쭙자면, 두 사람에게 동시에 굴복한 것입니다.   165

히에로니모 전하께서 공정하고 현명하심을 알기에,

상충하는 주장들 앞에서 편파적이지 않으셔야겠기에,

자연의 순리를 따라, 그리고 무인의 법도를 존중하여,

소신은 나어린 호레이쇼를 두둔하지 않을 수 없습니다.

사자를 죽인 자에게 사냥의 공(功)을 돌림이 마땅하고,   170

죽은 사자의 가죽을 쓴 자에게는 아니올습니다.

토끼들도 죽은 사자의 수염을 당길 수 있으니까요.

---

6 로렌조를 말함.

국왕 안심하오, 대법관. 부당한 처우는 없으리다.

경을 생각해서라도, 경의 아들을 섭섭케는 않으리다.

자네들 둘은 과인의 판결을 순순히 받아들이려는가?　　　　175

로렌조 전하께서 베푸시는 것 이상은 안 바라겠습니다.

호레이쇼 제 권리에 미흡하더라도, 같은 마음입니다.

국왕 허면 다음과 같이 판결하니, 더는 다투지 말라.

두 사람 다 포상을 받을 만하고, 둘 다 받을 것이다.

조카, 너는 그의 무기와 말을 빼앗았다. 그러니　　　　180

그가 소유하던 무기들과 말이 너에게 주는 상이다.

호레이쇼, 자네가 발사자르를 먼저 굴복시켰다.

그러므로 보석금은 자네가 보인 용맹의 대가이다.

두 사람이 합의를 보아 그 액수를 결정토록 하라.

그렇지만, 조카, 왕자를 지키는 일은 네가 맡거라.　　　　185

너의 위상이 객(客)을 맞기에 적합하기 때문이다.

호레이쇼의 집은 왕자 일행이 묵기엔 좁을 것이다.

하지만 너의 재력이 호레이쇼의 재력을 능가하고,

공적에 합당한 포상을 하는 것이 정도(正道)이므로,

호레이쇼로 하여금 왕자의 갑옷을 갖게 하겠노라.　　　　190

이러한 결정을 돈 발사자르는 어찌 생각하오?

발사자르 전하, 돈 호레이쇼를 가까이 할 수 있는

조건이라면, 저에게는 만족스런 결정이십니다.

기사다움에 저분을 흠모하기 때문이올습니다.

국왕 호레이쇼, 자네를 좋아하는 왕자를 멀리하지 말게. 195

이제 이 자리를 떠나 병사들에게 은급을 내려야겠네.

그리고 우리 포로가 된 왕자를 손님으로 접대해야겠지. [모두 퇴장]

3장

[포르투갈 궁전]

[부왕(副王), 알렉산드로, 빌루포 등장]

부왕 스페인으로 파견한 대사는 출발했는가?

알렉산드로 이틀 전에 떠났습니다, 전하.

부왕 그 일행과 함께 조공도 실려갔겠지?

알렉산드로 그러하옵니다.

부왕 그러면 불편한 심기를 안고 잠시 쉬면서,   5

과인의 슬픔을 마음 속의 한숨으로 삭여 보려네.

깊고 깊은 수심은 눈물로 솟아나지 않는 법이니 ―

헌데 나는 무엇하려 왕좌에 앉아 있는 것이지?

비참한 자의 끝없는 신음에 빠짐이 어울릴 터인데.

　　[바닥에 쓰러진다.]

그래도 이 바닥이 내 불운의 상태보단 높은 편이지.   10

그러니 내게 주어져 마땅한 상황보다는 나아.

그래, 그래, 암울함의 표상인 이 흙바닥은, 운명이

비참한 상황으로 몰아가려고 작정한 자를 찾누나.

여기 나를 눕게 하렴. 난 이제 나락에 떨어졌구나.

[라틴으로] '바닥에 누운 자는 더는 내려갈 곳이 없어.   15
나를 해하려고 운명의 여신은 모든 힘을 다 쏟았어.
나를 더 이상 비참하게 만들 일은 아무것도 없어.'
그래, 운명의 여신은 내 왕관을 빼앗을 수도 있지.
자, 이제 가져가라. 운명의 여신이 극악을 저질러도
이 검은 상복을 빼앗아 갈 수는 없어. 그렇고 말고.   20
운명의 여신은 즐거움을 주는 것만을 시샘하는 법.
그것이 악의에 찬 액운의 어리석은 짓거리일 테지.
운명은 눈이 멀어, 내가 받아 마땅한 걸 보지 못해.
운명은 귀가 멀어, 내 탄식을 들을 수가 없어.
들을 수 있더라도, 변덕스럽고 미친 듯 가혹해서   25
내가 겪는 고통에 눈하나 깜짝하지 않을 거야.
설령 나를 불쌍히 여긴다 해도, 그래, 어쩔 거야?
구르는 돌 위에 발을 딛고 서 있고,
마음은 변덕스런 바람보다 더 쉽게 변하는
운명의 여신으로부터 무슨 도움을 기대한단 말야?   30
처지가 달라질 희망이 없는데, 탄식해서 무엇 해?
아무렴, 탄식을 하면 슬픔이 덜어지는 듯하지.
지난 날의 내 야심이 내 신의에 오점을 남겼고,
신의를 저버렸기에 처참한 전쟁이 일어났던 거야.
처참한 전쟁은 국고를 탕진하게 만들었고,   35
국고뿐 아니라 백성들의 피를 소진시켰고,

백성들이 피 흘리는 와중에, 나의 기쁨이자

내 그토록 사랑하는 내 외아들마저 잃었어.

아, 왜 나 자신이 전선에 나서지 않았던고?

전쟁은 내가 일으켰으니, 내가 죽었어야 했어.　　　　　　40

난 살 만큼 살았고, 그녀석은 새파란 놈인데.

내 죽음은 당연하지만, 그놈의 죽음은 억울해.

알렉산드로 맞는 말씀이오나, 전하, 왕자님은 살아 계십니다.

부왕 살아 있다! 그래, 어디?

알렉산드로 스페인에, 불운하게도 포로의 몸으로 —　　　　　45

부왕 허면 그 아비 잘못 때문에 살해당했겠지.

알렉산드로 그것은 전쟁의 법도에 어긋납니다.

부왕 복수하려 들면, 법도가 무슨 아랑곳인가?

알렉산드로 그분의 보석금 때문에 비열한 보복은 못 할 겁니다.

부왕 아니야, 살아 있다면 소식이 왔을 텐데.　　　　　50

알렉산드로 아닙니다, 나쁜 소식은 좋은 소식보다 빠릅니다.

부왕 소식 이야기는 하지도 말게. 그 애는 죽었어.

빌루포 전하, 나쁜 소식을 짓는 자를 용서하오시면,

아드님의 운명을 말씀드리겠나이다.

부왕 말하오. 무슨 소식이든 보답하리다.　　　　　55

나의 귀는 나쁜 소식을 들을 준비가 되어 있소.

어떤 불운이 닥쳐도 다져진 내 가슴은 견뎌낼 것이오.

자, 어서, 그대 이야기를 소상히 들려주오.

빌루포 하오면 소신이 눈으로 본 바를 여쭙겠나이다.

쌍방의 군대가 혼전의 와중에 휩쓸려 있을 때,   60

발사자르 왕자께서는 한창 뒤엉켜 있는 전열에서

명성을 얻고자 경이로운 무훈을 세우셨습니다.

다른 사람들과 뒤섞인 가운데, 적장을 상대로

일대일로 사생결단을 내려 싸우는 걸 보았습니다.

마침내 지금 이 자리에서 충성스런 모습으로   65

거짓된 짓거리를 하는 이 알렉산드로라는 자가

왕자님의 등에다 대고 권총을 쏘았는데, 이는

마치 적장을 쏘려는 것처럼 한 짓이었습니다.

그래서 발사자르 왕자께선 넘어지셨고,

그분이 쓰러지자 아군은 흩어지기 시작했으니,   70

그분이 살아 계셨다면, 우리는 승리했을 겁니다.

알렉산드로 아, 가증스런 거짓말! 역겨운 역도!

부왕 입 다물라! 자, 빌루포, 계속하게.

내 아들놈의 시신은 어찌 되었나?

빌루포 그자들이 스페인 군막으로 끌고 가는 걸 보았습니다.   75

부왕 그렇지. 밤마다 꾼 꿈에도 그랬어 —

이 거짓되고, 무도하고, 배은망덕하고, 간악한 짐승,

네놈은 발사자르에게 무슨 원한이 맺혔길래,

그 애를 적군의 수중에 넘어가도록 배신했단 말이냐?

네놈의 눈을 흐리게 만든 것은 스페인의 금화였고,   80

과인으로부터 받은 은혜 따위는 안중에도 없었던 게냐?

아마도, 네놈이 터쎄이라의[1] 도주(島主)인 연유로

먼저 내 아들을 죽이고, 그 다음에는 나를 죽이고,

이 왕관을 쓰게 되리란 희망을 가졌는지도 모르지.

허나 네놈의 야심찬 생각이 네놈의 목을 부러뜨리리라.   85

그래, 네놈이 내 아들의 피를 본 것은 그 때문이야.

　　[왕관을 집어들어 다시 머리에 얹는다.]

하지만 내 네놈의 피를 볼 때까지 이걸 쓰고 있으련다.

알렉산드로 제발 소신의 말을 들어 보십시오, 전하.

부왕 데려가라! 저놈의 꼴은 보기도 싫다.

저자의 처형을 결정할 때까지 가두어 두라.   90

　　[알렉산드로 끌려 나간다.]

발사자르가 죽은 것이 사실이면, 저자도 살아선 안 돼.

빌루포, 그대에게 포상할 것이니 따라오게. [퇴장]

빌루포 이렇게 해서 악의에서 우러난 지어낸 이야기로

임금을 속이고 적을 제거하게 됐단 말씀이야.

게다가 내 흉계의 도움을 받아 포상까지 받는군. [퇴장]   95

1　포르투갈 영인 아조레스(Azores) 군도의 하나로서 제법 큰 섬이다.

4장

[스페인의 궁정]

[호레이쇼와 벨-임페리아 등장]

벨-임페리아 호레이쇼 경, 지금 여기서 그대를

만난 이유는, 안드레아 경이 죽음을 맞게 된 상황을

소상히 들려 달라고 청원하기 위함이었다오. 그분은

살아 생전에, 내 화환에서 가장 향기로운 꽃이었고,

돌아가심으로 해서 나의 기쁨을 다 묻어버렸다오.   5

호레이쇼 그분에 대한 우정과 그대를 위해서라면,

마음 무겁게 만드는 이 책무를 거부하지 않으렵니다.

허나 눈물과 한숨이 내 말을 멈추게 할지 모릅니다.

쌍방의 군대가 격렬하게 맞부닥쳤을 때, 그분은,

그대의 님이었던 용감한 기사는, 백병전의 와중에서   10

누구보다 눈부신 전공을 세우려는 패기에 가득 차

분전을 계속하는 도중, 급기야는 젊은 발사자르와

일대일로 맞붙게 되었습니다. 싸움은 오래 계속됐고,

두 사람은 용기백배하였고, 쌍방의 엄포는 요란했고,

힘도 막상막하였으며, 칼부림은 살기등등하였지요.   15

허나 분노에 찬 네메시스,[1] 그 사악한 힘의 소유자는,

안드레아가 받는 칭송과 그의 출중함을 시샘하여

목숨을 끊었으니, 칭송과 출중함을 끊기 위해서였지요.

복수의 여신은 그 자신이 면갑으로 제 얼굴을 가리고

—팔라스가[2] 오만한 페르가무스 앞에서 하였듯—[3]　　　　　20

도끼 달린 창을 휘두르는 부대를 새로이 데려왔으니,

그 자들이 안드레아의 말을 공격하여 그를 낙마시켰소.

그러자 젊은 발사자르가 무자비한 분노를 실어,

그의 적수가 곤경에 빠진 틈을 이용하여

그의 창잡이들이 시작해 놓은 일을 마무리지었고,　　　　　25

마침내 안드레아의 생명은 끊어지고 말았습니다.

그러자, 너무 늦기는 하였으나, 가책에 불타 올라,

나는 부하들을 이끌고 왕자에게 덤벼들었고,

도끼창 부대로부터 그를 떼어내 생포했습니다.

벨-임페리아　내 사랑을 죽인 자를 죽이셨더라면!　　　　　30

　그렇다면 안드레아님의 시신은 잃어버리신 건가요?

호레이쇼　아닙니다. 그 일로 나는 분전을 하였고,

　시신을 빼앗을 때까지 물러서지 않았습니다.

1　네메시스(Nemesis)는 복수의 여신.
2　팔라스(Pallas)는 전쟁의 여신인데, '아테나(Athena)'라는 이름으로도 불렸다.
3　베르길리우스의 〈아에네이드〉에 나오는 이야기에 대한 언급. 페르가무스(Pergamus)는 그리스신화에 나오는 인물로, 네오프톨레무스(Neoptolemus)와 안드로마케(Andromache) 사이에 태어난 아들이다.

시신을 들어 올려 내 품안에 끌어안았습니다.

그리고는 시신을 내 군막으로 옮겨서는,   35

그곳에 내려놓고 떨구는 눈물로 시신을 적셨고,

친구 잃은 슬픔에 한숨과 눈물투성이가 되었습니다.

허나 벗을 잃은 슬픔도, 한숨도, 눈물도,

창백한 사신(死神)으로부터 그를 구할 수 없었지요.

허나 이 일은 했으니, 내가 할 최소한의 도리였지요.   40

장례를 치루어 그에게 합당한 예우로 모셨습니다.

생명이 사라진 그의 팔뚝에서 이 수건을 끌렀고,

다정한 벗을 기억하려 몸에 지니고 있습니다.

벨-임페리아 그 수건을 알아요. 그분이 그걸 아직 지녔으면!

그분이 살아있다면, 그걸 지니고 있었을 테고,   45

그분이 사랑하는 벨-임페리아를 위해 간직했을 텐데.

그것이 그분이 떠나갈 때 내가 드린 정표였거든요.

하지만 이제 그분과 나를 위해 그대가 그걸 지녀요.

그분 다음으로는 그대가 그걸 지닐 자격이 있거든요.

그분 생존 시와 사후에 그대가 베푼 후의를 생각해서,   50

벨-임페리아의 목숨이 지속되는 한, 벨-임페리아는

돈 호레이쇼에게 감사하는 벗으로 남아 있을 거예요.

호레이쇼 그리고 돈 호레이쇼는 그대 아름다운

벨-임페리아를 섬기는 일에 소홀함이 없을 것입니다.

그러나 우선, 마음이 내키신다면, 포르투갈 왕자를   55

일차 방문하여 만나보시기를 권합니다. 아버님이신

공작님께서 그리 전하라 내게 명하셨기 때문입니다. [퇴장]

벨-임페리아 그럼 날 남겨 두고 가요, 호레이쇼.

내 울적한 심사에는 혼자 있는 것이 마음이 편해.

하지만 안드레아의 죽음을 애도한들 무엇하지?　　　　　　　60

그로부터 내 마음이 호레이쇼에게 옮겨 갔는걸?

호레이쇼가 안드레아를 그토록 사랑하지 않았다면,

벨-임페리아의 마음을 이렇게 휘어잡진 못했을 거야.

하지만 내 사랑하는 님의 죽음을 복수할 때까지는

어떻게 내 가슴에 사랑이 자리 잡을 수 있단 말야?　　　　65

그래, 두 번째 사랑이 나의 복수를 진척시킬 거야.

안드레아의 친구인 호레이쇼를 사랑해야겠어.

그의 죽음을 야기한 왕자를 욕보이기 위해서라도.

내 사랑을 살해한 돈 발사자르 바로 그자가

나에게 구애를 하여 오며 추근거릴 때, 그자는　　　　　　70

내가 정당하게 보여 주는 가혹한 멸시를 받으며

그의 비열한 행동의 대가를 톡톡히 지불할 거야.

그렇게 많은 놈들이 혼자 싸우는 용감한 기사를

도륙하다니, 그런 비겁한 살인행위가 어디 있어?

전투에서 지켜야 할 명예는 안중에도 없이 —　　　　　　　75

그런데 내 사랑을 살해한 자가 여기 오는구나.

　　[로렌조와 발사자르 등장]

로렌조 누이야, 왜 울적하게 서성거리느냐?

벨-임페리아 한동안 혼자 있고 싶어서요.

로렌조 헌데 왕자께서 너를 만나려 오셨다.

벨-임페리아 그럼 그 사람이 자유의 몸이란 말이군요.　　　　　　80

발사자르 아니오. 오히려 행복한 노예의 몸이오.

벨-임페리아 그렇다면 당신이 갇힌 데는 공상에서군요.

발사자르 그래요, 공상에 갇혀 자유를 잃었습니다.

벨-임페리아 그러면 공상 속에서 자유를 찾으시지요.

발사자르 글쎄요, 공상이 내 심장을 담보로 걸었다면 어쩝니까?　　85

벨-임페리아 당신이 빚진 걸 갚고, 심장을 찾으시지요.

발사자르 심장이 있는 데를 떠나 돌아오면, 나는 죽는 거지요.[4]

벨-임페리아 심장이 다른 데 가 있는데[5] 살아 있다고? 기적이네!

발사자르 그래요, 사랑은 그런 기적을 가능케 한답니다.

로렌조 그만해요, 왕자님! 휘돌려 하는 말은 그만 두고,　　　　90

　　알아듣기 쉬운 말로 딱 부러지게 사랑을 고백해요.

벨-임페리아 치유의 방도가 없는데 하소연은 해서 무엇해요?

발사자르 그래요, 자애로운 그대에게 하소연해야겠고,

　　그대의 따뜻한 대답이 나를 치유할 수 있을 것이오.

　　내 상념은 온통 그대의 완벽한 아름다움에 쏠려 있고,　　95

---

[4]　심장을 담보로 걸었다니, 그걸 지키려면, '빚진 것'을 갚아라―즉 목숨을 내어 놓아
　　라―라는 역설(paradox)이 담긴 말.
[5]　자신의 '심장이 있는 데'―즉 벨-임페리아―를 떠나서는 살 수가 없다는 말.

그대의 얼굴에서 내 눈은 미(美)가 깃든 정자(亭子)를 보고,

그대의 해맑은 가슴에 나의 심장은 머무르고 있다오.

벨-임페리아 어쩌지요? 그런 말은 의례적인 것들이고,

내가 이 자리에 더 있을 수 없게 몰아내는군요.

[벨-임페리아 퇴장하며 장갑을 떨어뜨린다. 호레이쇼 등장하며 장갑을 줍는다.]

호레이쇼 장갑을 떨어뜨리셨습니다.   100

벨-임페리아 고마워요, 호레이쇼님. 그대가 간직하세요.

발사자르 [혼잣말] 호레이쇼란 놈이 제때에 집어들었구나!

호레이쇼 [혼잣말] 내가 받기를 기대한 이상의 은총이 내렸구나!

로렌조 왕자님, 지나간 일은 괘념치 말아요.

잘 아시겠지만, 여자들이란 이따금 변덕스러워요.   105

이런 구름장은 바람이 조금만 불면 날라가 버려요.

내게 맡기세요. 내가 구름장을 흩뜨려 버릴 테니까.

그동안 우리 무슨 유쾌한 유흥이 될 만한 일을

찾아내어, 시간을 보낼 방도나 궁리해 보십시다.

호레이쇼 두 분들, 포르투갈 대사를 영접하시려   110

전하께서 이곳으로 곧바로 오고 계십니다.

내가 오기 전에 모든 준비를 해 놓으셨습니다.

발사자르 허면 예서 전하를 기다리는 게 좋겠군.

여기서 포르투갈 대사를 맞고, 그로부터

내 부친과 내 나라 소식을 전해 듣도록 하지.   115

5장

[같은 장소]

[연회상이 들여오고, 나팔수들, 스페인 국왕, 포르투갈 대사 등장]

국왕 스페인 임금은 그대가 모시는 부왕의 아들,

생포된 발사자르를 어떻게 대우하는지 보시오, 대사.

과인은 전쟁보다는 친목을 도모함을 더 즐긴다오.

포르투갈 대사 돈 발사자르가 살해됐다고 생각하고,

저희 임금님과 포르투갈 전체가 슬픔에 잠겨 있습니다.   5

발사자르 아름다움의 전횡에 나는 죽은 목숨이라오.

보시오, 발사자르가 어떻게 죽임을 당하고 말았는지.

매 시간을 궁정의 환락 속에 푹 파묻혀 지내고,

전하께서 베풀어 주시는 후의를 마음껏 누리며,

카스틸 공작의 아드님과 이렇게 재미있게 보내요.   10

국왕 인사는 향연이 끝날 때까지 기다렸다가 하게.

자, 와서 과인과 자리를 같이 하고, 건배합시다. [착석한다.]

앉게, 젊은 왕자, 자넨 과인의 둘째 가는 손일세.

아우도 앉게. 그리고 조카, 너도 자리에 앉거라.

호레이쇼, 자네는 과인의 술잔을 맡도록 하라.[1]   15

자네는 과인의 후의를 입을만 하기 때문이다.

자, 제관들, 드십시다. 스페인이 곧 포르투갈이요,

포르투갈이 곧 스페인이니, 양국은 절친한 사이요.

조공은 이행되었고, 과인은 그를 흡족하게 여기오.

헌데 우리 대법관 히에로니모는 왜 아니 보이는가?　　　　　20

과인의 손님을 맞아, 향연을 풍성하게 만들기 위해

무슨 장쾌한 여흥을 준비하겠다고 약속하였는데.

[히에로니모, 고수(鼓手)와 문장(紋章) 새긴 방패를 든 기사 셋을 이끌고 등장.

히에로니모는 세 명의 왕을 불러들이고, 기사들은 각기 왕들의 왕관을 빼앗고

포로로 삼는다.]

히에로니모, 이 무언극이 볼만하구려.

무슨 의미인지는 잘 모르겠소이다만.

[첫 번째 기사 방패를 들어 국왕에게 바친다.]

히에로니모 　맨 처음 방패를 들어 바친 기사는　　　　　25

영국 땅의 글로스터 백작이었던 로버트이온데,

스티븐 임금이 알비온을² 다스리고 있었을 때,

이만 오천에 달하는 병력을 이끌고 포르투갈에

1　궁정의 연회에서 임금의 술잔을 들고 있다가 수시로 잔이 채워지면 임금에게 잔을
　건네는 역할을 하는 사람을 따로 지정하는 것이 궁중의 법도였다. 이 일을 맡은 사람
　을 'cupbearer'라고 불렀는데, 이는 임금이 믿는 사람에게만 맡겼다. 임금의 술잔에 독
　을 넣을 가능성을 배제할 수 없었기 때문에 임금이 신임하는 사람 아니고서는 이 일
　을 맡을 수 없었다. 따라서 'cupbearer'로 지목된다는 사실은 임금의 신뢰를 받는다는
　것을 의미했기 때문에 영광으로 여기고는 했다.
2　영국의 원래 이름은 알비온(Albion)이었다.

도착하였고, 전쟁을 승리로 이끌고 나서는,

당시 사라센인이었던 포르투갈 왕으로 하여금　　　　　　　　　30

영국에 종속되는 수모를 감내토록 하였습니다.

국왕 포르투갈 대사, 그대는 이 장면을 보고,

그대의 임금과 그대를 위무하여 주고, 그대들이

근자에 겪은 고통이 가벼워짐을 느꼈을 것이오.

그런데, 히에로니모, 그 다음 장면은 무엇인가?　　　　　　　　35

　　　[두 번째 기사도 같은 행동을 취한다.]

히에로니모 방패를 들어 바친 두 번째 기사는

영국 땅의 켄트 백작이었던 에드먼드이옵는데,

영국의 리처드 임금이 왕관을 쓰고 있었을 때,

그 역시 포르투갈을 침공하여 리스본을 공략했고,

전쟁에서 포르투갈 임금을 생포하였습니다.　　　　　　　　40

이 일과 그밖의 다른 공훈을 세웠기 때문에

그는 후일 요크 공작으로 봉해졌습니다.[3]

국왕 작은 영국이 포르투갈을 제압하였으니,

지금 포르투갈이 스페인에 굴복했다는 사실을

감내할 명분이 있음을 뚜렷하게 입증하는구려.　　　　　　　　45

헌데, 히에로니모, 세 번째 것은 무슨 의미요?

　　　[세 번째 기사도 같은 행동을 취한다.]

---

[3] 25행부터 42행까지에 나오는 이야기들은 역사적 사실에 근거한 것이 아니라고 학자들은 말한다.

히에로니모 세 번째이자 마지막인 장면도

못지않게 의미있는 것이온데, 방패의 문장에

분명히 나타나 있듯, 한 용감무쌍한 영국인,

랭커스터의 공작이었던 존 오브 곤트입니다.　　　　　50

그는 막강한 군대를 이끌고 스페인을 침공했고,

카스틸의 임금을 볼모로 삼은 바 있습니다. [4]

포르투갈 대사 이는 스페인이 승전했다고 기고만장할

아무런 이유가 없음을 우리 부왕께 전하는 것일 겝니다.

영국의 전사들이 그와 마찬가지로 스페인을 정벌했었고,　　　55

스페인인들로 하여금 영국에 무릎 꿇게 만들었으니까요.

국왕 히에로니모, 그대가 연출한 이 장면들에

대사와 과인은 흡족하니, 그대를 위해 잔을 들겠소.

히에로니모, 그대도 함께 잔을 드오.

　　　[호레이쇼로부터 잔을 받는다.]

대사, 별것 아닌 음식을 앞에 놓고　　　　　　　　　60

너무 오래 자리를 지킨 것 같소이다.

허나 우리는 그대를 한껏 환영하오.

자, 함께 들어가서 협상에 임합시다.

회담 준비는 다 되었을 듯 싶소이다. [모두 퇴장]

4　에드워드 3세의 둘째 아들 존 오브 곤트(John of Gaunt)는 1386년부터 2년간 스페인을
　공략하였다. 그는 카스틸(Castile)의 왕좌를 노렸으나 실패하였고, 나중에 자신의 딸을
　카스틸 왕좌의 계승자와 결혼시켰다. 존 오브 곤트의 아들 랭커스터 공작 헨리는 리처
　드 2세를 폐위시키고 자신이 헨리 4세로 영국 왕위에 올랐다.

코러스

안드레아 나를 죽음에 이르도록 상처를 입힌 자가   65
향연에 임하는 꼴을 보려 하계에서 예까지 왔단 말인가?
이렇게 즐거워하는 광경은 내 영혼을 아프게만 하네.
연맹이니, 사랑이니, 향연이니 하는 것들 뿐인가?
복수의 정령 기다리게, 안드레아. 여기를 떠나기 전에
내가 다 바꿔 놓을 테니. 저자들의 우정을 지독한 혐오로,   70
사랑은 치명적인 증오로, 저자들의 낮은 어두운 밤으로,
희망은 절망으로, 평화는 전쟁으로, 환희는 고통으로,
행복은 비참함으로, 모조리 뒤바꿔 놓을 테니까.

2막

The Spanish Tragedy

1장

[카스틸 공작 돈 싸이프리언의 궁정]

[로렌조와 발사자르 등장]

로렌조　왕자님, 벨-임페리아가 저렇게 냉담한 듯하나,

심기를 편히 가지시고 쾌활함을 잃지 마세요.

시간이 가면 사나운 황소도 멍에를 견디게 되고,

때가 되면 길들지 않은 매도 먹이를 향해 내려오고,

시간이 가면 작은 쐐기가 단단한 참나무를 쪼개고,　　　　5

때가 되면 단단한 부싯돌도 약한 빗줄기에 뚫린다구요.

그러니 저것도 시간이 가면 오만함을 벗어날 테고,

그대가 괴로움을 겪은 것을 안쓰러워할 겁니다.

발사자르　아니오. 그 사람은 짐승이나 새보다

사납고, 나무나 돌로 쌓은 담벼락보다 단단하오.　　　　10

허나 왜 내가 벨-임페리아의 이름을 더럽히는 거지?

나의 결함을 탓해야지 그 사람 잘못은 아니야.

내 용모는 그 사람의 눈에 만족스럽지 않고,

내 말투는 거칠고 그 사람을 즐겁게 하질 못해.

내가 써 보내는 글줄은 어설프고 우악스러워서,　　　　15

목신(牧神) 팬과 마시아스의 갈대에나 어울려.[1]

내가 보내는 선물은 값비싼 것들이 아니고,

하찮은 것들이라서, 내 노력은 효과가 없어.

그래도 내 용맹 때문에 나를 사랑할지 몰라.

그래, 하지만 생포된 몸이니 치욕만 있을밖에.　　　　　20

그래도 부친을 흡족케 하려 날 사랑할지 몰라.

그래, 하지만 이성이 욕망을 억누르는 걸.

그래도 오라비의 친구이니 날 사랑할지 몰라.

그래, 하지만 그이의 희망은 다른 데로 향했어.

그래도 신분 상승을 위해 날 사랑할지 몰라.　　　　　25

그래, 하지만 더 신분 높은 자를 바랄지도 몰라.

그래도 자기 미모의 노예가 된 나를 사랑할지 몰라.

그래, 하지만 아무래도 사랑을 못할 사람 같아.[2]

로렌조 왕자님, 제발 이 망상일랑 접으시고,

무슨 방도를 찾아낼 수 있을 테니 확신을 가져요.　　　　　30

왕자님의 구애를 가로막는 요인이 있다구요.

우선 그게 무엇인지 알아낸 다음, 제거해야지요.

내 누이동생이 달리 사랑하는 사람이 있다면?

---

1 목신(牧神) 팬(Pan)과 목양자 마시아스(Marsyas)는 풀피리를 잘 불었다. 그러나 아폴로(Apollo)에게 도전하여 그와 경연을 한 결과는 참패였다.

2 여기까지(19~28행) 화자는 똑같은 문형을 되풀이하고 있는데, 현대의 청중들에게는 지루하게 들릴 수 있으나, 작품이 쓰여진 당시에는 그리스어로 '스티코미시아(stichomythia)'라고 칭하는 수사법의 하나였다.

발사자르 나의 여름날이 겨울밤으로 바뀌겠지.

로렌조 이 아리송한 의문의 실마리를 찾아서   35

풀어헤칠 수 있는 계책을 이미 생각해 두었어요.

왕자님, 이 한번만 내가 하는 말대로 해 주세요.

무얼 듣든지, 보든지, 내 말을 거역하지 말아요.

무리해서든, 정당하게든, 이 의문의 진상을

캐낼 방도를 강구해 볼게요. 어이, 페드린가노!   40

페드링가노 [안에서] 예!

로렌조 [이태리어로] 빨리 들어오거라. [페드린가노 등장]

페드린가노 부르셨습니까?

로렌조 그래, 페드린가노, 중요한 일이야.

잔말은 그만두고, 요점만 말하지. 기억하겠지만,   45

얼마 전 내 엄친의 노여움에서 내가 널 구해줬지.

그때 넌 안드레아를 위해 뚜쟁이 노릇을 했기에

그에 대한 체벌을 받기로 결정이 되어 있었어.

그때 네가 처벌받지 않도록 내가 끼어들었고,

해서, 넌 내가 얼마나 널 아끼는지 잘 알지.   50

헌데 이 후의에 덧붙여 상도 줄 참이란 말야.

말로가 아니라 금화를 듬뿍 얹어 주겠단 말야.

뿐인가? 토지며 의젓하게 살 생활 터전도 말야.

단 내가 하는 지시를 그대로 따라 해야만 해.

사실대로 말해. 그러면 난 자네 친구가 되는 거야.   55

페드린가노 어르신께서 무슨 하명을 하시든,

사실대로 여쭙는 것이 허락된다고 가정하고,

소인은 사실대로 여쭐 의무가 있다고 여깁니다.

로렌조 허면, 페드린가노, 내 질문은 이것이다.

내 누이 벨-임페리아가 사랑하는 자가 누구냐?　　　　　　　60

그 애는 너를 철석같이 신뢰하니까 묻는 것이다.

말해. 그러면 넌 친구도 생기고 보상도 받는다.

내 질문은, 안드레아 자리를 메꾼 자가 누구야?

페드린가노 아, 나으리, 돈 안드레아 사후(死後)

예전처럼 아씨님의 신뢰를 받고 있지 않습니다.　　　　　　　65

해서 전 아씨님이 누굴 사랑하시는지조차 모릅니다.

로렌조 이런, 허튼 수작하면, 넌 다 산 거야. [검을 뽑는다.]

허고 우정 있는 사이에 못할 짓을 저지를지도 몰라.

네가 살아서 감춘 것을 네 죽음이 묻어버릴 거야.

나보다 내 누이를 더 높이 받들면 넌 죽어야 돼.　　　　　　　70

페드린가노 고정하세요, 나으리!

로렌조 사실을 말하면 보답을 할 테고,

무슨 일이 생기더라도 너를 보호해 줄게고,

너로부터 얻은 정보는 비밀로 할 것이야.

하지만 한번 더 농간을 부리면, 넌 죽어.　　　　　　　75

페드린가노 만약 벨-임페리아 아씨께서 사랑에 빠지셨다면 ―

로렌조 무어라? 악당놈! '만약'이 어쩌구 어째? [죽일 시늉을 한다.]

페드린가노 아, 기다려요, 나으리! 호레이쇼를 좋아하십니다.

[이 말에 발사자르 움찔한다.]

로렌조 무어라, 대법관의 아들 돈 호레이쇼라?

페드린가노 바로 그렇습니다, 나으리.　　　　　　　　　　　　　80

로렌조 허면 그자가 애인이라는 걸 네가 어떻게 아는지

　　　말해 주면, 내 너에게 잘해 줄 테고 후한 은급을 주겠다.

　　　자, 일어나서, 겁먹지 말고 사실대로 말해.

페드린가노 아씨께서 보낸 편지를 제가 다 읽어 보았는데,

　　　구구절절 연모의 정을 토로하는 내용이었습니다. 그런데　　85

　　　발사자르 왕자님보다 호레이쇼한테 마음이 쏠려 있더군요.

로렌조 네 말이 사실이란 걸 이 십자가에[3] 걸어 맹세해.

　　　허고 네가 이 말을 했다는 사실을 비밀로 해 둘 것도 —

페드린가노 천주님에 걸어, 둘 다 맹세합니다.

로렌조 네 맹세가 사실이라 치고, 이걸 받아라. [금화를 준다.]　　90

　　　하지만 네가 한 말이 거짓이라고 판명되기만 하면,

　　　네가 맹세할 때 네 목숨을 걸었던 이 검이[4]

　　　네놈 삶의 종말을 가져오는 물건이 될 것이야.

페드린가노 말씀드린 건 사실이고, 저를 위해서

　　　벨-임페리아 아씨께는 비밀로 해 주십시오.　　　　　　　95

3　칼날과 손잡이 사이에 있는 손을 보호하는 칸막이를 말함. 십자가를 연상시킨다.
4　앞서 로렌조가 페드린가노에게 명하기를, 십자가에 걸어 맹세하라(87행) 했는데, 그
　 십자가는 다름 아니라 검의 칼날과 손잡이 사이에 있는 손 보호대를 말함이었다.

덧붙여 여쭙는데, 나으리의 넓으신 아량에 감읍하여

소인은 죽는 날까지 나으리를 충심으로 모시겠습니다.

로렌조 네가 나를 위해 하여야 할 일은 이것이다.

그 두 년놈이 언제 어디서 만나는지 염탐해 두었다가

은밀하게 나에게 알려달란 말이다.   100

페드린가노 그리 하구 말굽쇼.

로렌조 그리만 하면 섭섭지 않게 해 주마.

너도 알다시피 내 누이보단 내가 네 지위를 높여 줄

능력이 있어. 현명하게 처신해서 날 실망시키지 말아.

가서 여느 때처럼 아씨를 모셔. 네가 안 보이면,   105

행여 무슨 꿍꿍이가 있는지 의심하면 안 되니까. [페드린가노 퇴장]

그렇지. [라틴으로] '머리와 힘을 동시에 쓰는 거야.'

말을 해서 안 통하면, 힘으로 제압하는 거야.

하지만 금이 그 둘 어느 쪽보다 효과가 있어.

발사자르 왕자께서는 이 계획이 마음에 드시오?   110

발사자르 들기도, 아니기도 하고, 기쁘게도, 슬프게도 해요.

내 사랑에 장애가 되는 자가 누구인지 알아 기쁘고,

내가 사랑하는 그 사람이 나를 싫어하는 듯해 슬퍼요.

누구에게 복수를 해야 하는지 알게 되어 기쁘고,

내가 복수를 하면 그 사람이 나를 멀리 할 것이 슬퍼요.   115

허나 복수하든가, 아니면 죽든가, 둘 중 하나야.

거절된 구애는 참을 수 없는 치욕이거든.

아무래도 호레이쇼는 내 철천지원수 같아.

무엇보다, 그자는 손에 검을 들고 휘둘렀고,

그 검으로 그자는 치열한 전투에 임하였고,   120

그 전투에서 나에게 중상을 입혔고,

바로 그 상처로 인해 나는 그자에게 항복했고,

항복을 하였기에 나는 그자의 노예가 된 거야.

이제 그자는 달콤한 말들을 입에 담는 수작으로

그 사람의 마음을 말재간으로 사로잡게 되었고,   125

그 말재간은 교활하게 마음을 호리는 덫이기에,

간특한 요설로 벨-임페리아의 귀를 현혹하였고,

그 사람 귀를 통해 그 사람 심장을 파고 들었고,

내가 있어야 할 자리에 그자가 자리 잡은 것이야.

이처럼 그자는 무력으로 내 몸을 제압했고,   130

간계로 내 영혼인 그 사람을 사로잡으려 해.

하지만 그자를 추락시켜 운명을 시험할 테고,

목숨을 잃든가, 사랑을 쟁취하든가, 둘 중 하나야.

로렌조 갑시다. 머뭇거리면 복수만 지연돼요.

내 하라는 대로만 하면, 사랑을 성취할 거예요.   135

그자를 제거해야만 사랑을 쟁취할 수 있어요.

[두 사람 퇴장]

2장

[같은 장소]

[호레이쇼와 벨-임페리아 등장]

호레이쇼 자, 그대가 베푸는 호의에 힘입어

우리들이 숨겨온 연모의 정이 불길로 타오르고,

서로 나누는 눈길과 말로 우리 생각을 전하는구려.

그 이상 더 무엇을 바랄 수 있을 것이오?

그런데 이 달콤한 사랑의 속삭임의 와중에   5

그대는 어찌하여 내면의 수심을 보이는 거요?

[페드린가노가 발사자르와 로렌조를 데리고 와, 이 장면을 엿보게 한다.]¹

벨-임페리아 다정한 그대, 내 마음은 바다에 떠 있는

배와 같다오. 순탄한 항해를 마치고 항구에 정박하여,

폭풍우에 망가진 것들을 수리하고, 해안에 기대인 채,

고통 다음에 기쁨이 따르고, 시달림이 다 지나가면   10

축복이 온다고 노래할 수만 있다면 얼마나 좋으리.

그대의 사랑을 향유함이 나에겐 유일한 항구이러니,

---

1   무대 위에 설치되어 있는 'upper stage'에서 내려다 볼 수 있도록 한다.

두려움과 희망으로 출렁이던 나의 가슴은 매시간

그곳을 찾아가 머물기를 원하고 갈망한다오.

거기서 잃어버린 환희를 다시 찾아 향유하고,   15

편히 앉아 큐피드의 합창 속에서 노래하리니,

제일 달콤한 기쁨은 사랑의 욕망을 성취함이라고.

　　　[발사자르와 로렌조 윗무대에서 말을 나눈다.]

발사자르 아, 눈아, 감기어, 내 사랑 더럽혀지는 걸 보지 말거라.

귀야, 먹어서, 내 마음을 괴롭게 만드는 저 소리를 듣지 말거라.

심장아, 터져라. 네가 받아야 할 사랑을 다른 놈이 누리는구나.   20

로렌조 눈아, 살피거라. 이 사랑이 파탄나는 걸 볼 때까지.

귀야, 듣거라. 두 년놈이 괴로움의 탄식을 토하게 될 때까지.

심장아, 뛰거라. 얼간이 호레이쇼가 추락하는 꼴을 즐길 때까지.

벨-임페리아 호레이쇼님은 어찌해서 아무 말이 없으신가요?

호레이쇼 말이 적으면, 생각이 많다는 거겠지요.   25

벨-임페리아 무슨 생각을 그리 많이 하시는데요?

호레이쇼 지난 세월의 위험과 앞으로 올 기쁨을요.

발사자르 지나간 기쁨과 다가올 위험이겠지.

벨-임페리아 무슨 위험과 무슨 기쁨 말인가요?

호레이쇼 전쟁의 위험과 사랑의 기쁨이지요.   30

로렌조 죽음의 위험은 있어도, 기쁨은 없을 걸.

벨-임페리아 위험은 가라세요. 그대의 전쟁은 나하고예요.

하지만 평화를 깨뜨리는 그런 전쟁은 아니예요.

내게 곱게 말하면, 나도 고운 말로 맞받아칠 거예요.

다정한 눈길로 나를 보면, 나도 다정한 눈길로 맞을 거예요.　　35

사랑을 담은 글을 보내면, 나도 사랑을 담은 글을 보낼 게요.

나에게 입맞춤을 하면, 그대의 입맞춤을 맞받아칠 거예요.

이것이 우리가 할 전투적 평화이고, 평화로운 전쟁이예요.

호레이쇼　그렇다면, 다정한 그대여, 이 전투를 처음

치루어야 할 들판은 어디가 좋을 것인지 말씀해 주구려.　　40

발사자르　이런 음흉한 악당, 점점 더 대담해지는구나!

벨-임페리아　당신 아버님의 정자가 적당할 거예요.

거기서 우리는 처음으로 서로의 애정을 맹세하였지요.

궁정은 위험하지만, 그곳은 안전해요.

우리가 만날 시각은 저녁별이 나올 때가 좋겠어요.　　45

그때가 되면 지친 사람들이[2] 모두 집으로 향하거든요.

거기서는 천진스런 새들만이 우리 말을 엿들을 게고,

모르긴 해도 상냥한 나이팅게일이 노래를 불러

우리도 모르는 사이에 잠들게 만들어 줄 거예요.

그리고 제 가슴을 가시로 찌르며 노래하면서,[3]　　50

우리의 기쁨과 희열에 넘치는 희롱을 들려줄 거예요.

2　원문에서는 'distressful travellers'로 되어 있는데, 여기서 'travellers'는 '먼 길을 여행하
　는 사람들'이란 의미와 '힘겨운 일을 한 사람들'이란 의미를 동시에 갖는다. 후자의
　경우 프랑스어의 'travailler'라는 동사와 연결지을 수 있다.
3　나이팅게일에 관한 전설에 의하면, 밤에 잠들지 않고 계속해서 구슬픈 푸념을 들려
　주기 위해, 가슴을 가시로 스스로 찔렀다고 한다.

그때까진 한 시간이 한 해보다 더 길게 느껴지겠죠.

호레이쇼 하지만 다정하고 순결한 내 사랑,

그대의 아버님이 계신 곳으로 돌아가십시다.

우리가 사랑을 속삭이는 데엔 위험이 뒤따라요.   55

로렌조 그렇고 말고. 질투와 뒤범벅 된 위험이

네놈의 영혼을 영원한 밤으로 보내고 말 것이다.

[모두 퇴장]

3장

[스페인 궁정]

[스페인 국왕, 포르투갈 대사, 돈 싸이프리언, 그밖의 몇 사람 등장]

국왕 카스틸 공, 포르투갈 왕자의 구애에 대해

아우의 딸 벨-임페리아는 무엇이라고 말하는가?

싸이프리언 그 나이의 여자답게 수줍어하며,

왕자를 좋아하는 듯이 보이려는 시늉은 하지만,

시간이 가면 저의 뜻을 따를 것이라 확신합니다.　　　　　5

그럴 리는 없지만, 설사 그것이 고집을 부리더라도,

이 문제에 있어서만큼은 아비의 충고를 따를 것인즉,

왕자를 사랑하든지 아비와의 인연을 끊든지 해야겠지요.

국왕 그렇다면, 포르투갈 대사, 그대의 임금에게

전언을 하여 이 결혼이 성사될 수 있도록 하시오.　　　　　10

그리하면 우리가 근자에 이룬 동맹이 강화될 것이니,

우리 양국이 우방이 되는 더 좋은 방법이 없을 게요.

그 애의 결혼 지참금은 거액이고 아낌없을 거요.

그밖에도 그 애는 여기 있는 과인의 아우

돈 싸이프리언의 딸이자 절반의 상속권자이니,　　　　　15

그의 영토의 상당 부분을 물려받을 것이고,

과인도 그 애의 백부로서 결혼 선물을 줄 것이니,

다음과 같소. 이 혼약이 성공적으로 진행된다면,

귀국이 과인에게 지불하는 조공을 탕감할 것이고,

그 애가 발사자르의 아들을 낳게 된다면,　　　　　　　20

과인에 이어 이 왕국을 통치하게 될 것이오.

포르투갈 대사 저의 주군께 사뢰어 이 일을 추진하고,

저의 언변이 주효하다면 이루어지도록 애쓰겠나이다.

국왕 그리 해 주시오. 그리고 그분이 동의하신다면,

혼례가 치루어지는 날 이를 축하해 주시기 위해　　　　25

이곳을 방문해 주시면 우리에게는 영광일 것이니,

날짜는 그분께서 정하시도록 하십시다.

포르투갈 대사 그밖에 따로 명하실 일은 없으십니까?

국왕 부왕(副王)께 안부 전해 주시고, 잘 가시오.

헌데 작별 인사를 해야 할 발사자르 왕자는 어디 있는가?　　30

포르투갈 대사 이미 작별 인사를 나누었습니다, 전하.

국왕 공이 책임지고 이행해야 할 일들 가운데,

왕자의 보석금은 결코 잊어서는 아니 될 것이오.

그 몸값은 내 몫이 아니고, 왕자를 생포한 사람 것이오.

그리고 그가 보여준 용맹은 보상을 받을 만한 것이었소.　　35

그 사람은 과인의 대법관의 아들인 호레이쇼라오.

포르투갈 대사 저희들 사이에 액수는 이미 결정되었고,

가능한 한 빠른 시일에 지급하도록 하겠나이다.

국왕 그러면 다시금 작별을 고하오, 대사.

포르투갈 대사 카스틸 공과 다른 분들께도 작별을 고합니다. [퇴장]   40

국왕 자, 아리따운 벨-임페리아가 고집을 꺾고

마음을 돌리도록 아우가 애를 좀 써 주어야겠구면.

젊은 처녀들이란 친구들이 설득해야 말을 듣기 마련.

왕자는 착한 성품이고, 그 애를 몹시 좋아해.

그 애가 왕자를 소홀히 대하고 그의 구애를 거절하면,   45

스스로 복을 차 버리는 것이고 과인에게도 안 좋아.

그러니 우리 궁정이 허락하는 최상의 대우를 베풀어

내가 왕자를 이곳에 머물도록 편의를 제공하는 동안,

아우도 딸이 마음을 돌리도록 애써야겠어. 그 애가

내 뜻을 거역하면, 모든 일이 수포로 돌아가고 말아.   50

[모두 퇴장]

4장

[히에로니모의 정원]

[호레이쇼, 벨-임페리아, 페드린가노 등장]

호레이쇼 이제 밤이 검은 날개를 펴고

밝은 태양을 어둠으로 뒤덮기 시작하였고,

어둠 속에서 갖가지 쾌락을 맛볼 수 있으니,

자, 벨-임페리아, 우리 정자로 함께 갑시다.

거기서 은밀하게 즐거운 시간을 보낼 것이니.　　　　　5

벨-임페리아 비록 불안감이 엄습하고 있지만,

난 그대를 따라가기를 주저하지 않겠어요, 여보.

호레이쇼 아니, 페드린가노를 믿지 못하시오?

벨-임페리아 믿어요. 나 자신만큼이나요 ―.

자, 페드린가노, 문 밖에서 망을 보아 다오.　　　　　10

만약에 누가 다가오면, 곧바로 알려주겠어?

페드린가노 [방백] 망을 보긴커녕, 이 밀회에

돈 로렌조를 데려와서 금화나 더 챙겨야겠어. [퇴장]

호레이쇼 왜 그러시오?

벨-임페리아 왠지 모르지만, 불길한 예감이 들어요.　　　　　15

호레이쇼 그런 말은 하지 마오. 운명은 우리 편이고,

우리가 쾌락을 누릴 수 있도록 하늘이 밝음을 거두었소.

그대도 보다시피, 별들은 반짝이기를 멈추었고,

달님도 우리를 기쁘게 하려 숨어들었지 않았소?

벨-임페리아 당신 말씀이 맞아요. 불안감을 떨치고,   20

그대의 사랑과 위무에 두려움을 잠겨버리게 하겠어요.

더 두렵지 않아요. 사랑만이 내 상념을 가득 채웠어요.

자리에 앉아요. 쾌락에 잠기려면 몸이 편안해야지요.

호레이쇼 이 나뭇잎 우거진 정원에 앉아 있으면,

꽃의 여신이 [1] 만발한 꽃들로 주위를 치장하는구려.   25

벨-임페리아 하지만 꽃의 여신이 호레이쇼를 보면,

내가 당신 곁에 너무 가까이 있다고 질투할 거예요.

호레이쇼 들어 보아요. 벨-임페리아를 보고 기뻐,

새들도 즐거워하며 밤을 새워 노래를 하는구려.

벨-임페리아 아녜요, 호레이쇼의 말에 달콤한   30

음악을 더하려 큐피드가 [2] 나이팅게일로 위장한 거예요.

호레이쇼 큐피드가 노래하니, 비너스가 멀지 않군요.

그래요, 그대가 비너스이거나, 그보다 아름다운 별예요.

---

1 '꽃의 여신'은 '플로라(Flora)'를 의역한 것이다.
2 큐피드(Cupid)는 에로스(Eros)라고도 하며, 비너스(Venus)의 아들이자 사랑의 신이
  다. 흔히 발가벗은 아기 소년의 형상으로 나타나고, 손에는 사랑이 가슴에 꽂히게 만
  드는 화살을 쏘려 활과 화살을 들고 있고, 날개가 달린 모습으로 그려진다.

벨-임페리아 내가 비너스라면, 그대는 마르스이군요.[3]

그리고 마르스가 지배하는 곳에는 전쟁이 있게 마련예요.   35

호레이쇼 허면 우리 전쟁은 이렇게 시작되는 거예요.

손을 주세요. 거칠은 내 손과 싸움을 할 수 있게 말이오.

벨-임페리아 한 발을 내밀어요. 내 발을 밀치나 보게.

호레이쇼 그보다 먼저 내 눈이 그대의 눈과 싸워야겠소.

벨-임페리아 하면 막아내요. 이 입맞춤으로 공격할 테니.   40

호레이쇼 그대가 던진 입맞춤을 이렇게 되받아치리다.

벨-임페리아 그렇다면 전장의 영광을 쟁취하기 위해

두 팔로 그대를 옴짝 못하게 끌어안아 항복을 받아내야죠.

호레이쇼 아니죠. 나의 품이 훨씬 넓고 억세고 말고요.

이처럼 느릅나무를 넝쿨이 휘감았으니, 뒤엉켜 쓰러질 밖에.   45

벨-임페리아 아, 놓아 주어요. 내 흐트러진 눈에서

생명이 정염 속에서 죽어가는 걸 볼 수 있을 거예요.

호레이쇼 아, 기다려요. 나도 그대와 함께 죽으려오.[4]

그대가 내게 굴복하지만, 실제로는 나를 정복한 것이오.

벨-임페리아 거기 누구야? 페드린가노? 발각됐어요.   50

---

3 사랑과 미의 여신 비너스(Venus)는 그리스신화에서는 아프로디테(Aphrodite)인데,
군신(軍神) 마르스(Mars) — 그리스신화에서는 아레스(Ares) — 와 밀회를 하다가,
비너스의 남편이자 대장간의 수호신인 불칸(Vulcan)에게 들켰다. 불칸은 그물을 던
져 밀회하고 있던 비너스와 마르스를 현장에서 붙잡았다.

4 성행위를 죽음과 결부시키는 것은 문학에서 오래된 관행이었다. 그런데 여기서 사랑
에 빠진 남녀가 죽음의 심상을 떠올리며 대화를 나누는 중에, 호레이쇼의 육체적 죽
음이 실제로 다가온다는 사실은 극적 아이러니이다.

[로렌조, 발사자르, 써베린, 페드린가노, 복면을 하고 등장]

로렌조 왕자님, 저것을 데려가요. 여기 있지 못하게 —

[호레이쇼에게] 그만, 참으시지. 자네 용맹은 입증됐잖아.

자, 빨리 서둘러 해치우란 말야.

[이들 호레이쇼를 나무에 매단다.]

호레이쇼 네놈들 날 죽일 참이냐?

로렌조 아무렴. 이렇게, 이렇게. 이게 사랑의 열매란다.   55

[이들 호레이쇼를 찌른다.]

벨-임페리아 아, 그이를 살려두고, 대신 날 죽여요!

아, 오라버니, 그일 살려줘요. 그일 살려줘요, 발사자르.

내가 호레이쇼를 좋아했지, 그인 날 좋아하지 않았어요.

발사자르 하지만 발사자르는 벨-임페리아를 사랑해.

로렌조 살아있을 땐 야심만만하고 오만했지만,   60

이제는 죽어서 높은 곳에 매달려 있구나.

벨-임페리아 살인이야! 살인! 도와주세요, 히에로니모, 도와주세요!

로렌조 어서, 저것의 입을 막고, 데려가.

[모두 퇴장]

5장

[같은 장소]

[히에로니모 속옷 바람으로 등장]

히에로니모 나를 깨운 방금 들린 외마디 소리는 무어길래

두근거리는 내 가슴을 소스라치는 공포로 싸늘하게 하는 걸까?

아직까지 어떤 위험에도 겁먹은 적 없는 내 가슴을 말야—

누가 히에로니모를 불렀지? 나 여기 있으니, 말하려무나.

난 잠들지 않았었어. 그러니 꿈에 들은 소리는 아니야.   5

아니지, 아냐. 어떤 여자가 도와달라고 소리쳤는데,

바로 이 정원에서 외치는 듯했어. 그러니

그 여자를 도우려면 이 정원 안이라야 할 테지.

헌데, 잠깐, 이 끔찍한 광경은 또 무엇이지?

사나이 하나가 목매달려 있고, 살인자들은 달아났다?   10

내 정자에서 일어났으니 내가 죄를 뒤집어 쓰게 됐군.

이 정원은 기쁨을 위한 곳이지, 죽음을 위한 데가 아닌데.

　　　[호레이쇼의 시신을 나무에서 내린다.]

이자가 입고 있는 옷이 내 눈에 설지가 않은데—

아니, 이런, 이건 내 아들 호레이쇼잖아!

아냐, 죽었다면 이미 내 아들이 아니지!   15

아, 나를 침상에서 불러낸 것이 너였더냐?

말을 해, 이놈아, 아직 목숨이 붙어 있다면 —

네 아비다, 이놈아. 누가 너를 죽였니?

어떤 잔혹한 괴물이, 인간일 수 없는 것이,

죄 없는 너를 여기서 피범벅으로 만들어 놓고,   20

피투성이가 된 네 시신을 여기 남겨 놓았느냐?

이 시커먼 어둠과 으스스한 그늘에서 네 아비가

너를 부둥켜 안고 눈물을 펑펑 쏟으라고 말이다.

아, 하느님, 왜 밤을 만들어 죄를 덮게 하셨나요?

밝은 낮에는 이런 어둠 속 범행을 못 저지르지요.   25

아, 땅아, 이 성스러운 정자를 욕되게 만든 자를

왜 너는 제때에 집어삼켜 버리지 못한 것이냐?

아, 불쌍한 호레이쇼, 네가 저지른 잘못이 무어길래

네 인생이 채 꽃 피기도 전에 목숨을 잃은 것이냐?

아, 못돼먹은 도살자, 네놈이 누구였는지 모르나,   30

어떻게 한창 피어나는 청춘을 목조를 수 있었느냐?

아, 처참한 내 신세, 내 기쁨은 모두 사라졌구나.

내 사랑스런 아들 호레이쇼를 잃은 마당에 —

    [이사벨라 등장]

이사벨라 영감이 사라지니 왜 그런지 내 가슴이

두근거리네. — 히에로니모!   35

히에로니모 예 있소, 이사벨라. 슬픔에 동참해 주오.

한숨도 아니 나오고, 눈물도 다 말라 버렸소.

이사벨라 이 무슨 날벼락이오! 내 아들 호레이쇼!

아, 이 끔찍한 짓을 저지른 놈은 어디 있소?

히에로니모 그놈이 누군지 알기나 하면 덜 슬프겠소.   40

그렇기만 하다면 복수를 해 내 가슴이 위안을 얻으련만.

이사벨라 허면 그놈이 사라졌소? 내 아들도 갔고?

아, 눈물아, 쏟아져라, 눈물아, 펑펑 솟아 콸콸 흘러라.

한숨아, 몰아쳐라, 한없는 폭풍이 되어 불고 또 불어라.

우리의 저주받은 불행에 광풍노도밖에 더 있겠느냐![1]   45

히에로니모 곱고 사랑스런 장미, 피기도 전에 꺾였구나!

의젓하고 출중한 내 아들, 정복 아니라 배신을 당한 거겠지.

입맞춤이나 하련다. 눈물 때문에 말이 나오지 않으니 —

이사벨라 그리고 난 이 아이의 눈을 감겨 줄 것이야.

한때는 이 아이의 총명한 눈이 나의 유일한 기쁨이었으니 —   50

히에로니모 피에 흥건히 젖은 이 수건이 보이느냐?

내가 복수를 할 때까지는 내 몸에서 떠나지 않을 것이야.

아직도 피를 뿜어내고 있는 이 상처들이 보이느냐?

내가 복수를 할 때까지는 이 상흔을 묻지 않을 것이야.

---

1 이 대사 다음에 54행 — 이 번역에서는 생략 — 이 1602년판에 덧붙여졌는데, Andrew
S. Cairncross는 이 부분을 비롯한 300여 행에 이르는 추가된 부분들은 극의 진행상 별
도움이 되지 않는다고 보았다.

그리고 나서야 불행 속에서도 마음이 편안해질 테지.   55

그때까지는 내 슬픔은 소진될 수가 없을 것이야.

이사벨라 하늘은 공정하니, 살인을 숨길 순 없지요.

시간이 흐르면 진실이 밝혀지고 정의가 실현되는 법이고,

시간이 이 흉악한 범죄를 만천하에 드러나게 할 거예요.

히에로니모 그때까지, 이사벨라, 푸념일랑 멈추시오.   60

아니면, 적어도, 슬픔을 잊고 사는 시늉이라도 합시다.

그래야만 우리는 음모의 실체를 더 빨리 발견할 것이고,

어느 놈이 이 모든 악행을 저질렀는지 알게 될 것이오.

자, 이사벨라, 아이를 들어 올립시다.

그리고 이 저주받은 장소에서 집안으로 옮깁시다.   65

내가 만가(挽歌)를 읊으리다. 노래는 이 경우에 안 어울리오.

　　[시신을 함께 들어 옮긴다. 이하 라틴으로 읊는 만가]

'오, 누군가 화창한 봄에 피어나는 풀들을 섞어

우리들의 아픔을 치유할 약을 조제하여 주게나.

아니면 망각을 부를 유액이 있다면, 우리에게 다오.

아름다운 빛의 영토에서 태양 아래 자라는 풀들을   70

이 광활한 대지에서 내가 거두어 낼 수 있었으면.

앞날을 아는 여인이 조제하는 독약을 내가 마시게,

주술로 마력을 합성해내는 독초를 먹게 해 다오.

이미 죽은 가슴에서 모든 감정이 일시에 멎는다면,

죽음을 포함하여 모든 고통을 감내토록 하여 다오.   75

내 목숨아, 내 다시는 네 눈을 볼 수 없단 말이냐?

그리고 영원한 잠이 네 빛을 묻어 버렸단 말이냐?

너와 함께 죽게 해 다오. 하계의 그늘에 잠기도록.

허나 난 서둘러서 죽지는 않으련다. 그리한다면,

네 죽음에 대한 복수를 누가 있어 실행할 것이냐?'   80

[만가를 마치고, 시신을 들쳐업고 퇴장]²

코러스

안드레아 내 고통을 더하게 하려 날 여기 데려왔나?

나는 발사자르가 죽임을 당하리라 기대하였었네. 헌데

막상 죽임을 당하는 사람은 내 친구 호레이쇼이고,

이자들은 아름다운 벨-임페리아를 욕보이지 않는가?

나는 벨-임페리아를 온 세상보다 더 사랑했고, 이는   85

그 사람이 나를 온 세상보다 더 사랑했기 때문이었어.

복수의 정령 곡식이 채 익기도 전에 추수를 말하는군.

일이 잘 마무리되는지는 끝을 보아야 알 수 있는 거야.

---

2 원문에서 무대지시문은 다음과 같다. "Here he throws it from him and bears the body
away." 여기서 대명사 'it'은 히에로니모 역을 맡은 배우가 손에 들고 읽은 라틴으로
된 '만가'가 적혀 있는 종이일 것이다. 그러나 이는 작품의 진행 과정을 생각해 볼 때,
우습기조차 하다. 히에로니모가 어떻게 호레이쇼의 죽음을 알고 애도사를 써 가지고
나왔단 말인가? 물론 배우의 편의를 위해 라틴문장들이 쓰인 종이를 무대 소품으로
준비할 수는 있다. 그러나 히에로니모가 종잇장을 던지는 것은 극적 상황에서 볼 때
적절치 않다.

곡식이 다 익기 전에는 낫이 무슨 필요가 있나?

기다리게. 허고 자네를 데리고 이곳을 떠나기 전에   90

발사자르가 곤혹을 치르는 꼴을 자네에게 보여줌세.

서 반 아 비 극

3막

The Spanish Tragedy

1장

[포르투갈 궁정]

[부왕, 귀족들, 빌루포 등장]

부왕 군왕들이 놓여 있는 예측 불가능한 처지라니,

이토록 숱한 의혹 속에 허우적대며 왕좌를 지키누나!

처음에는 지고의 자리에 앉아 영광을 누리다가

이를 데 없는 증오의 대상이 되어 폐위되기도 하고,

운명의 수레바퀴를 따라 흥망성쇠가 결정되는도다.   5

그리고 가장 높은 곳에 이르러도 즐겁지가 않으니,

종국에 닥칠 추락을 의심하고 두려워하기 때문이지.

파도가 제아무리 온갖 바람에 시달린다 하여도,

운명의 여신이 군왕들의 흥망을 좌우함만은 못해.

그들은 두려움의 대상이길 바라되, 사랑받길 두려워해.   10

왜냐하면 두려움이든 사랑이든 군왕들에겐 아첨이니까.

이를테면, 제관들, 그대들의 임금을 보시구려.

과인의 대통을 이을 유일한 희망이었던 아들을

증오심이 그 발단이 되어 빼앗기지 않았소이까.

귀족 알렉산드로의 가슴이 그토록 극심한 증오로   15

가득 차 있으리라고 소신은 상상조차 못하였사옵니다.

허나 이제 하는 말만 가지고 실제를 가늠할 수 없고,

얼굴만 보고 진심을 알 수 없음을 소신은 깨달았나이다.

빌루포 그러하옵니다. 그자가 군막에서 발사자르와

어울리고는 하였을 때, 간특하게도 속마음을 감추고   20

거짓 충성을 보이는 모습을 전하께서 보셨더라면,

우주의 중심인 지구의 주위를 시간 맞추어 맴도는

태양이, 왕자님을 향해 품은 알렉산드로의 의중보다

한결같음에 있어 훨씬 못하다고 여기셨을 것입니다.

부왕 그만 하오, 빌루포. 말 더 아니 해도 아오.   25

그대 말은 상처받은 내 마음을 더 아리게 할 뿐이오.

그리고 알렉산드로의 처형을 지연시킴으로써

더 이상 세상 사람들을 농락하지 않으려 하오.

자, 누구 한 사람 가서, 그 역적을 데려오거라.

그자의 죄상이 명백하니, 처형이 불가피하다.   30

[알렉산드로 귀족 한 사람과 도끼창 든 병사들에 이끌려 등장]

귀족 이런 극한 상황에선 인고 말고 다른 방도가 없소.

알렉산드로 허나 극한 상황에서 무슨 인고가 필요하오?

이 세상을 떠난다고 해서 나는 아무런 유감도 없소.

이 세상에서는 오로지 불의가 득세하는 법 아니겠소?

귀족 그래도 최선을 바랄 밖에요.   35

알렉산드로 하늘이 내 희망이요. 이 세상으로 말하면,

너무 타락해서 그 어떤 희망도 나에게 주지 못한다오.

부왕 왜 머뭇거리느냐? 간덩이 큰 저 악당을 끌어내어,

저자의 저주받은 행위를 죽음으로 갚도록 하라.

알렉산드로 귀족은 비루한 공포에 굴할 수가 없으니,   40

죽음이라는 극형이 두렵지는 않사오나,

오, 전하, 소신은 이처럼 억울한 삶을 살다 갑니다.

다만 이것이, 아, 이것이 제 고달픈 영혼을 괴롭게 합니다.

하늘이 저의 깊은 속마음을 알고 계실 것이옵니다만,

제가 꿈에도 생각해 본 적이 없는 그런 모반을   45

저질렀다는 죄목으로 이처럼 죽게 되다니요 —

부왕 그만 닥치거라! 형틀에 매어라! 어서!

저자를 결박하고 화염에 처넣어 육신을 태워라.

　　[병사들 알렉산드로를 형틀에 묶는다.]

저자를 태울 불길은 저자의 영혼을 기다리고 있는

플레게톤의 꺼질 줄 모르는 불길의 전조가 되리라.   50

알렉산드로 빌루포, 내 억울한 죽음에 대한 복수는

반드시 네게 내려질 것이다. 악의에 찬 거짓 고변으로

나를 무고(誣告)하고, 비열하게 포상을 받으려 한 너에게 —

빌루포 아니야, 알렉산드로, 나를 겁박할 양이면,

나도 한몫 거들어 너를 그 하계의 호수로 보내주마.   55

네가 한 말이 네 죄업과 함께 거기서 불타게 말이다.

대역무도한 놈! 흉물스런 살인자!

[포르투갈 대사 등장]

포르투갈 대사 멈추시오, 잠깐.

그리고, 전하의 용서를 빌며 말하는데,

지금 당장 빌루포를 체포하시오.   60

부왕 대사, 무슨 소식이길래 이리 서둘러 온 거요?

포르투갈 대사 전하께 아룁니다. 왕자님은 살아 계십니다.

부왕 무어라 했소? 내 아들 발사자르가 살아 있다고?

포르투갈 대사 전하의 아드님, 발사르 왕자께서는

살아 계십니다. 그리고 스페인 궁정에서 융숭한 대접을   65

받고 계시옵고, 전하께 문안 인사 여쭈라 하셨습니다.

제 눈으로 보았사옵고, 이 수행원들도 그러했습니다.

이 말씀과 함께 스페인 국왕의 서찰을 가져왔습니다.

[부왕에게 서찰을 건넨다.]

이 서찰들은 왕자님의 건안하심을 입증할 것이옵니다.

[부왕 서찰들을 훑어본다.]

부왕 "그대의 아들은 살아 있고, 조공도 수령하였소.   70

화평은 확립되었고, 과인은 흡족하게 생각하는 바이오.

나머지 문제들은 쌍방이 합의한 대로 진행될 것이며,

이는 과인의 명예와 그대의 이득에 합당할 것이오."

포르투갈 대사 이것이 폐하께서 제시한 추가 항목들입니다. [서류를 건넨다.]

부왕 저주받은 비열한! 고매한 알렉산드로의   75

목숨과 명성을 노리고 누명을 씌우려 하였다니!

어서 포박을 끌러 드려라. ─ 경이 곤경에 처하도록
비방을 한 것에 대한 응징으로 곧 죽음을 맞아야 할
저자의 음모가 들통났으니, 경은 혐의에서 벗어났소.

[알렉산드로 포박에서 풀려난다.]

알렉산드로 전하, 그런 고약한 행위가 자행됐다는   80
보고를 들으시고 자비를 베푸실 순 없으셨을 겁니다.
빌루포, 자네가 중상을 하여 빼앗으려 했던 내 무고(無辜)한
목숨이 경각에 달려 있다가도, 나의 결백이 밝혀져
내가 이렇게 다시 살아날 수 있게 되었구나.

부왕 그런데, 이 몹쓸 빌루포, 너는 무슨 연유로   85
알렉산드로를 무고(誣告)하여 그의 목숨을 빼앗으려 했느냐?
내 사랑하는 아들을 살해하였다는 용서받을 수 없는
죄목을 이 사람에게 씌우면, 내가 그릇된 판단을 내려
그를 처형할 수밖에 없다는 사실을 너도 알았을 텐데.

알렉산드로 말하게, 간교한 빌루포. 전하께 여쭤.   90
알렉산드로가 자네한테 무슨 못할 짓을 하였나?

빌루포 그토록 못된 짓을 저지른 사실을 기억하고
갈가리 찢긴 제 죄 많은 영혼은 처벌을 기다릴 뿐입니다.
알렉산드로가 저에게 해악을 끼쳤기 때문에서가 아니라,
포상을 받고 더 높은 지위에 오르고 싶은 욕심에   95
이처럼 부끄럽게도 그의 목숨을 걸었던 것이올습니다.

부왕 악당놈, 죽음으로 너의 죄값을 치루라.

그리고 내 아들을 죽였다고 네가 무고(誣告)하였던

이 사람에게 내가 가하리라 마음먹었던 형벌을

훨씬 더 능가하는 가혹하고 혹독한 형벌을   100

네게 가하여 네놈의 목숨을 마감해 주겠다.

　　[알렉산드로가 부왕에게 선처를 빈다.]

청원하지 마오. 저 반역자를 데려가거라.

　　[빌루포 끌려 나간다.]

자, 알렉산드로, 경의 충성을 널리 공표하여

경의 영예를 한껏 드높이도록 하겠소.

그리고 과인의 상왕, 스페인의 국왕께서   105

이 문서에 열거한 항목들을 논의하기 위해

과인은 회의를 열어 숙의토록 할 것이외다.

자, 알렉산드로, 과인을 따라오시오.

　　　　　　　　[모두 퇴장]

2장

[스페인 궁정]

[히에로니모 등장]

히에로니모 아, 눈아! 눈이 아니라, 눈물로 찬 샘이지.

아, 목숨아! 목숨이 아니라, 살아 있는 죽음의 형상이지.

아, 세상아! 세상이 아니라, 공공연한 불의의 덩어리지.

죄악으로 뒤범벅 되고, 살인과 범죄로 가득 찬 곳일 뿐.

아, 성스러운 하늘아! 만약 이 극악무도한 행위가,   5

이 비인간적이고 야만스런 시도의 장본인이 —

더 이상 내 자식이 아니게 된, 내 둘도 없는 아들을

그토록 잔혹하게 살해한 자가 — 누군지 안 밝혀지고,

응징을 받지 않은 채 계속 살아가도록 허락된다면, —

너를 정의롭다 믿는 자들을 부당하게 대해 준다면, —   10

어떻게 너를 정의로운 존재라고 부를 수 있겠느냐?

내 신음을 들어주는, 슬픈 자문(諮問)의 상대인 밤은,

끔찍스런 환영으로 고통받는 내 영혼을 일깨워 주고,

비참한 지경에 처했던 내 아들의 상처들을 보여주며

그 아이의 죽음을 세상에 알려 달라고 애소하지.   15

추악한 악귀들이 지옥으로부터 솟구쳐 나와선,

인적 드문 오솔길로 나를 이끌어 가기도 하고,

맹렬한 불길의 상념으로 내 가슴을 저리게 하지.

구름 낀 하늘은 내 불편한 심기를 드러내 주고,

내게 닥칠 악몽을 미리 예시해 주기도 하고,　　　　　　　　　20

살인자를 찾아 나서라고 나를 밀쳐내기도 해.

눈아, 목숨아, 세상아, 하늘아, 지옥아, 밤아, 낮아,

보고, 찾고, 보여 주고, 누군가 보내 주고, 무슨 방도를

알려 다오. 그래서 — [누군가 편지를 밀어 넣어 떨군다.]

이건 뭐지? 편지? 그럴 리가? "히에로니모에게"라고?　　　　25

"잉크가 없어 피로 쓴 이 편지를 읽어 주세요.

제 못된 오라비가 저를 어르신께 가지 못하게 합니다.

발사자르와 제 오라비에게 복수하세요. 왜냐면

어르신의 아드님을 죽인 것은 그자들이거든요.

히에로니모님, 호레이쇼의 죽음에 복수하시고,　　　　　30

벨-임페리아보다는 평온한 나날을 보내십시오."

이 예기치 않은 기적이 어찌하여 닥친 것일까?

내 아들을 죽인 자들이 바로 로렌조와 왕자라니!

그자들이 호레이쇼에게 무슨 원한이 있었길래?

허고, 벨-임페리아, 설령 로렌조가 그리 했더라도,　　　　35

네 오라비를 범인으로 지목하는 이유는 무엇이냐?

히에로니모, 조심해라! 네 계획이 탄로났다.

그래서 네 목숨을 노리고 이 덫을 놓은 것일 게다.

허니 경계를 늦추지 말고, 쉽게 믿지 말지어다.

이는 필시 널 위험에 빠뜨리려 놓은 올가미이니,　　　　　40

이걸 읽고 네가 로렌조를 비방토록 함일 게야.

그래서 네가 그자에게 불명예를 씌우면, 그자는

네 목숨을 위협하고 네 이름을 증오하게 돼.

내 사랑스런 아들놈의 목숨은 소중한 것이었고,

그 녀석의 죽음은 반드시 내가 복수해야 돼.　　　　　45

그러니, 히에로니모, 네 목숨을 위태롭게 말고,

너의 결의를 성취할 때까지는 살아 있어야 돼.

따라서 나는 에둘러가는 방법을 써야겠어.

이 쪽지에 담긴 내용이 확실한가 알아봐야지.

카스틸 공작의 집 근처에서 수소문해 가면서,　　　　　50

가능하면 벨-임페리아와 함께 엿듣는 것이야.

정보는 수집하되 시치미 떼는 거야. 어이, 페드린가노!

　　　[페드린가노 등장]

페드린가노　히에로니모 어르신!

히에로니모　자네 아씨는 어디 계신가?

페드린가노　모릅니다. [로렌조 등장] 나으리가 오십니다.　　　55

로렌조　아니, 이게 누구십니까? 히에로니모님이시군요.

히에로니모　안녕하시었소?

페드린가노　어르신께서 벨-임페리아 아씨를 찾으십니다.

로렌조 왜죠? 아버님이 그 애에게 안 좋은 일이 있어 여길 잠시

떠나 있게 하셨어요. 전할 말이 있으시면, 말하세요. 제가 전하죠. 60

히에로니모 아니올시다. 고맙소. 그럴 필요 없어요.

그분에게 긴히 드릴 말씀이 있었는데, 너무 늦었군요.

헌데 그분이 그런 처지에 놓였다니 안됐군요.

로렌조 왜 그렇죠, 히에로니모? 제게 말씀하세요.

히에로니모 아니오. 그럴 수 없소. 그래선 안 되오. 어쨌든 고맙소.[1] 65

로렌조 하오면, 또 뵙겠습니다.

히에로니모 내 슬픔은 가슴에 묻고, 내 생각은 말해선 안 돼. [퇴장]

로렌조 이봐, 페드린가노, 너도 보았지?

페드린가노 저도 보았고, 아무래도 이상합니다.

로렌조 아무래도 그 빌어먹을 써베린이란 놈이 70

호레이쇼가 살해당했단 사실을 털어놓은 것 같아.

페드린가노 그럴 리 없습니다, 나으리. 며칠 전

있었던 일이고, 그 뒤로 쭉 저와 함께 있었는뎁쇼.

로렌조 안 그랬다 쳐도, 그놈 처지를 감안하면,

겁이 나서, 혹은 꾐에 넘어가 배신할 수도 있거든. 75

내 그놈 성질을 잘 아는데, 이번 일에 그놈을

끌어들인 것이 참으로 후회막급이란 말씀이야.

해서, 페드린가노, 최악의 상황을 미연에 막을 겸,

---

1 1602년판에는 이 다음에 10행이 첨가되었으나, 극의 진행상 군더더기로 여겨지므
로 이 번역에는 포함시키지 않았다.

또 내 자네를 철석같이 믿기 때문에 하는 말인데,

　　[금화를 건네며]

자, 이건 자넬 생각해서 주는 거니, 받아—　　　　　　　　80

내 말 잘 듣고, 내가 계획한 대로 하란 말야.

오늘 밤 자네는—이 말 잘 듣고, 그대로만 해—

성 루이지 공원에서 써베린을 만나는 거야.

바로 이 집 뒷켠 가까이 그 공원이 있는 건 알지?

거기서 망을 보고 있다가, 그놈을 처치해 버리라고.　　　　85

우리가 살아 남으려면, 그놈이 죽어 없어져야 해.

페드린가노 하지만, 나으리, 써베린을 어찌 그리 오게 만들죠?

로렌조 내게 맡겨. 사람을 보내 거기서 왕자와 나를 만나라는

지시를 내릴 테니까, 자네는 거기서 일을 해치우란 말야.

페드린가노 해치우고 말굽쇼, 나으리, 염려 마십쇼.　　　　　90

허면 저는 가서 그놈을 게서 만날 채비를 하겠습니다.

로렌조 상황이 호전되면—그리 되리라 희망하는데—

자넨 이 일을 계기로 높이 오를 거야.[2] 내 뜻을 알지?

　　[페드린가노 퇴장]

이리 오너라![3]

2　로렌조가 하는 말에는 이중적 의미가 포함되어 있다. (i) 신분 상승을 할 것이다, (ii) 교
　수대에 오를 것이다. 물론 페드린가노는 전자로만 알아 듣는다.
3　"Che le Ieron!" *The Works of Thomas Kyd*(Oxford, 1901)에서 편집자 F. S. Boas는 이 어구에
　대해 설명하기를, "An unintelligible expression, possibly a corruption of the page's name"라
　고 했다. 또 *English Drama: 1580-1642*(D. C. Heath, 1961)를 편집한 C. F. Tucker Brooke

[로렌조의 사동 등장]

사동 부르셨습니까?　　　　　　　　　　　　　　　　　　95

로렌조 써베린에게 가서, 오늘 저녁, 집 뒤에 있는

　　성 루이지 공원에서 왕자와 내가 기다릴 거라 전해라.

사동 그러죠.

로렌조 여덟 시에 오라 하고, 늦지 말라고 해.

사동 곧 다녀오겠습니다. [퇴장]　　　　　　　　　　　100

로렌조 이 절묘하게 짜여진 계획대로 모든 일이

　　차질없이 진행되도록 하기 위해서는, 폐하로 하여금

　　지엄한 왕명을 내리시도록 일을 꾸며, 페드린가노가

　　오늘밤 운수 사나운 써베린을 살해하기로 되어 있는

　　바로 그 장소에 철저한 경비를 서도록 주선해야겠어.　105

　　그렇게 해야 의심을 피할 수 있을 것이고,

　　불운한 사태를 미연에 방지하려면 그래야 하는 것이,

　　한 가지 악행으로 또 다른 악행을 막을 수 있는 법.

　　히에로니모가 벨-임페리아를 만나려 교활한 수작을

　　부리는 것이 아무래도 수상쩍다는 생각이 든단 말야.　110

　　그리고 이런 의심이 드는 것은 안 좋은 조짐이야.

　　나로 말할 것 같으면, 내 은밀한 범죄를 잘 알아.

　　또 저들도 그래. 하지만 그자들은 잘 처리했잖아.

와 Nathaniel Burton Paradise는 이 어구가 "Chi (qui), il ladron"의 잘못된 표기일 수 있고, 그 의미는 "Here, thief!"일 것이라고 주석을 달았다. 역자는 후자를 택하고 싶다.

금화를 얻기 위해 영혼을 위태롭게 만든 저들은,

내가 살기 위해선, 금화를 받고 제 목숨들을 걸어야 해.   115

그리고 비천한 것들이 살아서 내 행운을 위태롭게 하는

요인이 되기보다는, 차라리 죽어 없어지는 것이 낫지.

저것들을 믿지 못해 불안해 할 바에야, 없애 버려야지.

나는 나만 믿을 것이고, 내 친구는 나 자신일 뿐이야.

죽여야지. 종놈들의 운명이란 다 그런 것이지. [퇴장]   120

3장

[성 루이지 공원]

[페드린가노 권총을 들고 등장]

페드린가노 자, 페드린가노, 네 권총을 믿으라구.

그리고, 운명의 여신이여, 다시 한번 행운을 베푸시오.

내 의도하는 바를 성공적으로 해치우게 도와주시고,

조준하기에 좋은 지점에 자리를 잡게 해 주시게나.

바로 이게 돈벌이이고, 황금을 거머쥘 절호의 기회야.   5

내가 뛰어든 모험은 꿈 속에서 벌어지는 일이 아니고,

페드린가노가 이미 성취해 놓은 것이나 다름이 없어.

허고 나으리처럼 너그럽게 지갑을 여는 분을 위해

양심을 억누르지 못하는 자는, 그런 후의를 입을

자격이 없으니, 쪽박신세일 밖에. 나 같은 사람이   10

승승장구할 때, 욕심은 있어도 가난하게 살라고 해.

내가 체포될지도 모른다는 걱정에 대해서는,

필요하면 나으리가 나서서 내게 닥칠지 모르는

궁경에서 나를 구해 주시리라는 것을 나는 알아.

게다가 여긴 아무도 의심하지 않을 만큼 안전해.   15

그러니까 이곳에 자리 잡고 준비를 해야겠어.

[파수꾼들 등장]

파수꾼 1 갑자기 우리에게 망을 서라는

명령이 떨어진 이유가 무언지 알 수 없단 말야.

파수꾼 2 국왕 폐하께서 친히 내리신 영일세.

파수꾼 3 헌데 국왕 폐하의 아우이신 공작 저택에   20

이처럼 가까운 곳에서 경비를 선 적은 아직 없었지.

파수꾼 2 딴 소리 말고, 경비나 서. 다 이유가 있겠지.

[써베린 등장]

써베린 자, 써베린, 여기서 걸음을 멈추고 기다리자.

돈 로렌조의 사동이 말하길, 여기로 나으리가 오실 테니,

여기서 나으리를 만나려 기다리라고 지시하셨다지.   25

기막히게 아늑한 장소로구먼. 마음이 내킨다면,

은밀하게 회동하기엔 아주 적합한 곳이로구나.

페드린가노 여기 내가 잡아야 할 새가 오는군.

바로 지금이야, 페드린가노. 남자답게 해치워!

써베린 나으리가 늦게 나오실 모양이긴 한데,   30

왜 이렇게 늦은 시각에 나를 나오라 하셨을까?

페드린가노 이것 때문이야, 써베린! 한 방 맞아! [권총을 쏜다.]

자, 쓰러지셨군. 약속대로 처치했어.

파수꾼 1 아니, 이거 총소리 아냐?

파수꾼 2 여기 누가 죽어 있네. 살인자를 잡아.   35

페드린가노 [파수꾼과 몸싸움하며] 지옥에 떨어진 영혼의

슬픔에 걸어, 내 몸에 손 대는 자는 내가 장사지내주마.

파수꾼 3 이봐, 장사고 뭐고, 네 죄나 자백해.

왜 이렇게 참혹한 짓거리로 사람을 죽인 거야?

페드린가노 왜냐고? 밤늦게 돌아다녔으니까야. 40

파수꾼 3 이봐, 늦은 밤에 살인이나 저지르지 말고,

잠자리에 곱게 자빠져 주무시고 있었어야지.

파수꾼 2 자, 살인자를 법관한테 모셔 가세.

파수꾼 1 히에로니모 나으리께 가자.

자, 시신을 옮기는데 한몫 거들란 말야. 45

페드린가노 히에로니모라고? 아무한테나 데려가렴.

그자가 누구이든, 내 그자와 네놈들을 상대해 주지.

너희들 멋대로 해 봐. 난 아랑곳 안 할 테니까.

[모두 퇴장]

4장

[돈 싸이프리언의 궁전]

[로렌조와 발사자르 등장]

발사자르 어쩐 일이시오? 이렇게 일찍 일어나시다니 —

로렌조 액운을 막기엔 너무 늦지 않았나 걱정돼서요.

발사자르 리가 방심하고 경계를 게을리하는 위험이 무엇이오?

로렌조 우리가 전연 걱정도 않고 예상도 않는 해악이

가장 혹독한 상해를 우리한테 입히는 법입니다, 왕자님.   5

발사자르 이보시오, 돈 로렌조, 말해 보라니까요.

내 명예나 그대의 명예에 결부된 문제라면, 말하라니까요.

로렌조 당신과 나, 따로 따로가 아니라, 두 사람에게

함께 걸린 문제예요. 아무래도 미심쩍은 것이 — 그리고

이런 추정을 가능하게 만드는 충분한 근거가 있는데 —   10

돈 호레이쇼를 죽이는 일에 가담했던 비천한 것들이

히에로니모한테 그 일을 밀고한 듯 싶어요.

발사자르 밀고했다고, 로렌조? 체, 그럴 리 없소.

로렌조 기왕 저지른 악행을 머리에 떠올렸을 때

갖게 되는 양심의 가책은 쉽게 뿌리칠 수 없어요.   15

내 생각으로는 — 내 생각을 바꾸려 하지 말아요 —

모든 사실이 히에로니모에게 알려진 게 틀림없어요.

그래서 이런 계획을 세웠는데 — [로렌조의 사동 등장]

헌데 내 사동이 오는군요. — 그래, 무슨 소식이냐?

사동 나으리, 써베린이 살해당했어요.   20

발사자르 누구? 내 하인 써베린이?

사동 왕자님의 하인 말씀예요.

로렌조 말하거라, 이놈, 누가 죽였다더냐?

사동 그 일로 체포된 사람예요.

로렌조 그게 누구야?   25

사동 페드린가노예요.

발사자르 제 주인을 그토록 따르던 써베린이 죽었다?

제 친구를 살해하다니, 못된 놈!

로렌조 페드린가노가 써베린을 죽였단 말야?

왕자님, 전하께 이 일을 말씀드리고 진정을 하여,   30

살인자를 혹독하게 벌하고 응징을 가하도록

왕자님께서 애를 쓰라고 청원하는 바올시다.

이 싸움박질이 의혹을 더욱 짙게 만드는군요.

발사자르 여부가 있소, 돈 로렌조, 죽어야죠.

전하께서 내 청을 받아들이지 않을 수 없을 게요.   35

나는 나대로 재판이 빨리 열리도록 서두르겠소.

이 끔찍한 짓을 저지른 놈은 죽어야 돼요. [퇴장]

로렌조 자, 그럼, 내 계획에 맞아들어가는구나.

경험 있는 현명한 자 일 처리하는 방법이 이런 거야.

내가 계획을 짜고, 저자는 그대로 실행을 하는 거야.　　　　　40

나는 덫을 놓고, 저자는 허접스런 가지를 꺾어 오지.

하지만 저자는 새 잡는 끈끈이를 보지 못하는 거야.[1]

이처럼 계획한 대로 일이 성사되기를 원하는 자는

가까운 친구에게도 새 잡는 사람처럼 행동해야 돼.

내가 잡도록 도와 주면, 저자가 달려가 죽이는 거야.　　　　　45

그런데 그게 다 내가 꾸민 술책임을 아무도 몰라.

우중들을 믿기란 어려운 노릇이고, 내 생각키로는

어떤 한 놈을 믿는 것은 더욱 안 될 노릇이야.

사람들은 비밀을 털어놓기 마련이거든. [전령 등장] 여봐라!

사동 예, 나으리.　　　　　50

로렌조 저자는 누구냐?

전령 각하께 전할 서찰이 있습니다.

로렌조 누가 보낸 건데?

전령 투옥된 페드린가노입니다.

로렌조 그놈이 감옥에 갇혔다고?　　　　　55

전령 그러하옵니다.

1　새를 잡기 위해서 덫을 놓고 잔 나뭇가지를 덮는다. 그 밑에는 끈끈한 반죽을 깔아 놓아 새들이 앉으면 발을 뗄 수 없게 한다. 로렌조는 자신이 짜 놓은 계획대로 일이 진행되는 것을 새를 잡는 행위에 비유하여 말하고 있다.

로렌조 나한테 무슨 볼일이 있담? ─ 내게 쓰기를,

홀륭한 주인답게 곤경에 처한 자기를 도와 달라 했군. ─

내가 편지 받아 읽었고, 그자 마음을 안다고 전해라.

그리고 내가 조치를 취할 테니, 안심하라고 전해.　　　　　　　　60

그럼, 가 봐. 내 사동을 뒤따라 보낼 테니. [전령 퇴장]

만사가 잘 맞아들어 가는구나. 그래도 한번 더 머리를 써야지. ─

얘야, 가서 이 지갑을 페드린가노에게 갖다 주거라.

감옥이 어디 있는지 알지? 몰래 전해 주고,

주변에 아무도 없는 걸 꼭 확인하란 말이다.　　　　　　　　65

마음 가볍게 먹으라 해. 허나 남이 눈치채지 않게.

그리고 재판이 오늘 열리게 되더라도, 틀림없이

방면될 테니까, 절대로 의심일랑 하지 말라고 해.

사면장은 벌써 서명이 된 상태라고 전해 주고,

그 문제에 대해선 확신을 가지라고 말해 주어.　　　　　　　　70

왜냐면, 설사 목매달릴 각오가 되어 있더라도,

내가 어찌해서든 구해내겠다고 결심했으니까,

사면되리라는 신념을 잃지 않도록 하란 말이다.

이 상자를 보여주고, 사면장이 담겨 있다고 말해.

네 목숨이 아깝거든, 열어 보아서는 안 되고,　　　　　　　　75

그녀석이 몰래 희망을 간직하도록 하란 말야.

돈 로렌조가 살아 있는 한, 그놈은 염려 없어. 가 봐.

사동 예, 달려가겠습니다.

로렌조 일을 깔끔하게 처리해야 돼.

[사동 퇴장]

이제 내 운은 결정적인 고비에 다다른 것이니,   80

로렌조의 불안은 지금 해소치 않으면 영영 못해.

미처 하지 않은 일이 하나 남아 있는데, 그건

형집행리를 만나는 일이렸다. 하지만 그 목적은?

내 마음에 숨긴 의도를 입 밖에 낼 수 있을 만큼

허공의 대기를 믿고 싶지 않아. 속삭이는 바람이   85

내 말을 내 적들의 귀에 전하지나 않을까 해서지.

그자들의 귀는 호시탐탐 내 말을 엿들으려 하거든.

[이태리어로] '내가 무얼 원하는지 아무도 몰라.

나는 알고 있지. 나는 그걸로 만족하다 마다.' [퇴장]

5장

[거리. 로렌조의 사동 상자를 들고 등장]

사동 주인님께서 이 상자를 열어보지 말라셨어. 그런데, 사실 말이지,
나한테 그런 주의를 해 주시지 않았다면, 이토록 어영부영 하진 않았
을 거란 말야. 나어린 남자들은, 못 미덥기로는, 여자들과 매일반이야.
하지 말라 하면, 더 하게 되거든. 그래서 자―이런, 맙소사, 상자가 텅
비었잖아! 솔직히 말해, 과연 신사다운 악랄함이랄 수밖에! 난 페드
린가노한테 가서 이 상자 안에 사면장이 들어있다고 말해야 돼. 그렇
지 않다는 걸 몰랐다면, 맹세코 단언했을 걸. 생각만 해도 웃음이 나오
는군. 이 악당이 교수대를 비웃고, 관중들을 조소하고, 교수형집행리
를 얕보고 할테니 말야. 이 상자에 사면장이 들어있다고 철석같이 믿
으면서 말야. 이자가 얼간이 노릇을 하는 동안, 난 계속 손가락질로 이
상자를 가리키며 ― 마치 "저기 사면장이 있으니 실컷 놀려대라구"라
고 말하듯이 ― 부추기는 건 재미있는 장난이 아니겠느냐 말야. 죽는
순간까지 어릿광대 노릇을 하는 꼴은 희한한 볼거리가 아니겠느냐
말야. 아, 불쌍한 페드린가노! 참 안됐구나. 하지만 나도 너와 함께 목
매달려야 하지만 않는다면, 울 수가 없구나. [퇴장]

6장

[법정]

[히에로니모와 그의 부관 등장]

히에로니모 내 자신의 문제는 해결하지 못하면서,

　　이처럼 남이 처한 곤경을 해결하려 골머리를 썩히고,

　　내가 당한 억울한 일을 바로잡을 능력도 없으면서,

　　남의 문제를 놓고 정의를 구현하려 부심하는구나.

　　그러나 정의로운 하늘의 도움을 받아, 내 맘 속에　　　　　　5

　　도사리고 있는 고통을 잠재울 수 있도록, 사노라면

　　언젠가 범인이 누구인지 알게 될 날이 올 것인가?

　　이것이 내 몸을 지치게 하고 노년을 소진케 하누나.

　　신들도, 인간들도, 나를 부당하게 대해주었는데,

　　오로지 나만이 만인들에게 공평무사해야 하다니 ―　　　　10

부관 고매하신 히에로니모님, 어르신의 직분은

　　범법자들을 벌하심에 심혈을 기우리는 것이지요.

히에로니모 살았을 때 내게 가장 소중했던 그놈,

　　내 자식의 죽음에 대해서도 똑같은 의무가 있겠지.

　　그건 그렇고, 우리 할 일이나 하세. 시작해 볼까.　　　　　15

내 마음을 떠나게 만드는 것이 여기[1] 있으니 말야.

[관리들, 로렌조의 사동, 그리고 손에 편지를 든 페드린가노가 결박되어 등장]

부관 개정할 것이니 죄인을 출두시켜라.

페드린가노 고맙다, 이놈아, 제때에 잘 와 주었다.

주인님한테 보내려고 주인님과 관련된 내용을 좀 더

소상하게 담은 서한을 새로이 써 두었는데, 행여나   20

그분이 나를 잊은 것은 아닌지 걱정이 되어서였다.

하지만 그분께서 나를 이렇게 잘 보살펴 주시니 —

자, 이젠 문제없다. 언제 이 일을 시작해 볼꺼나?

히에로니모 앞에 나오거라, 이 괴물, 살인자,

그리고 세상 사람들이 만족하리 만큼, 이 자리에서   25

너의 어리석은 짓을 자백하고, 잘못을 뉘우치거라.

네놈을 처형할 장소가 마련되어 있기 때문이다.

페드린가노 간단합지요. 좋습니다. 대법관 나으리께

---

1 'The Revels Plays' 총서의 *The Spanish Tragedy*(London, 1959)를 편집한 Philip Edwards
는 'here'가 히에로니모가 자기 가슴 또는 머리를 가리키며 하는 말이라고 생각했고,
The Works of Thomas Kyd(Oxford, 1901)을 편집한 F. S. Boas는 히에로니모가 호레이쇼
의 피가 묻어 있는 손수건을 꺼내 들며 하는 말이라고 생각했다. 그러나 역자는 이 두
가지 해석을 받아들일 수 없다. 원문은 "Let's begin, For here lies that which bids me to be
gone"인데, 이 문장을 다음과 같이 읽어야 된다고 본다. 즉 '[내 마음은 노상 내 아들
의 죽음에 가 있지만], 그 생각을 잠시 떠나게 만드는 문제가 여기 기다리고 있으니,
일을 시작하자'라는 의미이다. '일을 시작하자'는 절이 있은 후에, 그 이유를 설명하
기 위한 절을 이끄는 'For'라는 접속사가 있고, 'bids'라는 동사는 '의무에 복귀하기를
명한다'는 의미를 담고 있기 때문이다. '일을 시작하자'고 해놓고, 새삼스레 자기 머
리를 산란케 하는 문제가 자기 머리나 가슴에 (아니면 손수건에) 있기 때문이라고
말을 덧붙이는 것은 논리상 맞지 않는다.

먼저 제 죄를 자백합니다만, 죽음이 두렵진 않사옵고,

써베린을 살해한 자는 다름 아닌 저 자신이 올습니다.　　　　30

하오나 나으리, 이 문제에 관해 나으리께 흡족하게

보고 말씀을 드려야 할 장소가 바로 이곳입니까?

부관　그렇다, 페드린가노.

페드린가노　그렇지 않을 텐데요.

히에로니모　닥쳐라, 뻔뻔한 놈. 곧 알게 될 테니까.　　　　35

내가 판관으로 자리하는 동안에는, 피에는 피로

갚음이 이루어질 것이고, 법대로 집행될 것이다.

비록 나 자신은 그와 같은 보상을 못 받고 있지만,

다른 사람들 만큼은 그 권리를 주장하도록 하겠다.

집행하라. 죄과가 입증되었고 자백도 하였으니,　　　　40

우리 국법에 의거하여 사형을 언도한다.

교수형집행리　자, 준비되었나?

페드린가노　무슨 준비? 벌금 낼 준비? 시건방진 놈.

교수형집행리　교수대에 올라갈 준비 말야.

페드린가노　주제넘은 놈. 내 목에 올가미를 씌우고 나서　　　　45

내 옷을 빼앗고 싶은거지?[2] 나보고 이 옷을 벗고 저 올가미를

목에 걸란 말이지? 허지만, 이봐, 네 짓거리를 내가 잘 알아.

그렇게 순순히 네 말대로 하진 않을 거야.

2　사형수가 입던 옷은 사형을 집행한 형리의 소유가 되었다고 한다.

교수형집행리 자, 어서.

페드린가노 저기 올라가라고? 50

교수형집행리 별수없네.

페드린가노 있어. 내려오는 수가 있어.

교수형집행리 암, 내려오는 수가 있지.[3]

페드린가노 어떻게? 목매달린 다음에?

교수형집행리 그렇지. 자, 준비됐나? 서두르게. 날이 저무네. 55

페드린가노 아니, 시간을 보아가며 목매다나? 그렇다면 내가
네 관행을 꺾어버릴 수도 있어.

교수형집행리 딴은, 네 말도 일리가 있어. 젊은 네놈의 목을
내가 꺾어버릴 것이니 말야.

페드린가노 지금 날 놀리는 거야? 내가 살아서 이런 말을 지껄인 60
네놈의 골통을 빠개게 하지 말라고 기도나 드려.

교수형집행리 이런, 쯧쯧, 그런 짓 하기엔 넌 벌써 한 자[尺] 땅
아래로 내려갔고, 내 이짓 하는 동안엔 땅 위에 오르지 못할 거야.

페드린가노 이봐, 손에 상자를 들고 있는 저 애가 보여?

교수형집행리 손가락으로 그걸 가리키고 있는 애 말야? 65

페드린가노 그래, 저 녀석.

교수형집행리 모르는 놈인데. 헌데 저놈이 어쨌단 거야?

페드린가노 저놈이 걸친 낡은 외투가 네게 꼭 끼는 옷이 될

---

3 페드린가노는 교수형을 면할 수가 있다는 뜻으로 말했는데, 형리는 죽은 다음에 시
신이 되어 내려온다는 뜻으로 맞받아친다.

때까지 네가 살아있을 것 같애?[4]

교수형집행리 아무렴. 네놈이나 저녀석보다 정직한 자들을   70

여러 명 목매달 때까지 오래오래 살고 말고.

페드린가노 저놈이 들고 있는 상자 속에 뭐가 있을 것 같애?

교수형집행리 모르지만, 알고 싶지도 않아. 네 영혼 걱정이나 해.

페드린가노 야, 목매다는 놈아, 몸에 좋은 건 영혼에도 좋다고

보는데, 저 상자 속엔 그 둘에 다 좋은 향유가[5] 있는지 몰라.   75

교수형집행리 허, 네놈은 내 집무실 문 앞에서 낑낑대는 소리를

내다 세상 떠난 놈들 중에 제일 유쾌한 작자로구나!

페드린가노 네 못된 직업은 악당의 이름으로 등재된 것이냐?

교수형집행리 그래. 그리고 네놈이 도둑의 이름으로 그걸

봉인하는 장면을 이 사람들이 증인으로 목격할 것이다.   80

페드린가노 부탁하는데, 이 사람들한테 나와 함께 기도해

달라고 해 주어.

교수형집행리 암, 그러고 말고. 생각 잘 했다. 여러분, 여기

괜찮은 친구가 하나 있소이다.

페드린가노 아냐, 아냐, 잠깐. 생각이 났는데, 지금은 별로   85

필요치 않으니, 다음에 필요할 때까지 저들을 가만 놓아 두게.

---

4 어린애가 자라서 죽을 죄를 짓고 교수형을 당할 때쯤 되면, 그 애가 지금 입고 있는
   옷은 걸레가 될 것인데, 그걸 형장에서 물려받을 수 있을 만큼 오래 살 것 같으냐?
5 페드린가노는 자기도 모르는 사이에 끔찍한 아이러니를 담은 말을 하고 있다. '향유
   (balm)'는 죽은 자를 염할 때 몸에 바르는 기름인데, 곧 처형당할 페드린가노가 이 단
   어를 입에 올리는 것은 아이러니의 극치이다.

히에로니모   저렇게 뻔뻔스런 놈은 처음 보는구나.

아, 험악한 시절이구나! 살인을 아무렇지도 않게 여기고,

하늘나라에 고이 거하고 있어야 할 인간의 영혼이

법이 금하는 짓을 하는 데에서 유일한 기쁨을 찾고,   90

영혼 스스로를 행복으로부터 벗어나게 만드는

가시 덤불로 우거진 길 위에서 노상 헤매다니!

살인자! 아, 잔인무도한 괴물! 저토록 흉칙한 범죄자가

법망을 피해 살아남는 것을 신께서는 용납치 않으리! ―

아들아, 이 사건이 다시 네 죽음을 떠올리게 하는구나. [퇴장]   95

페드린가노   아니, 잠깐, 서두르지 마.

부관   아니, 무얼 머뭇거리는 거야? 살아남을 걸 희망해?

페드린가노   물론이죠.

교수형집행리   어떻게?

페드린가노   이런, 악당놈, 전하의 특별사면이 있어.   100

교수형집행리   그걸 믿고 있어? 허면 이렇게 가거라.

[페드린가노를 목매단다.]

부관   그래, 됐다. ― 이 자리에서 옮겨라.

하지만 그자의 시신을 매장하지도 말거라.

하늘이 경멸하고 인간들이 돌보지 않는 자로

대지가 숨통이 막히고 오염되지 않게 하라.   105

[모두 퇴장]

7장

[히에로니모의 집]

[히에로니모 등장]

히에로니모 내 슬픔을 토로하려면 어디로 가야 하나?

내 슬픔의 무게를 견디지 못하여 땅마저도 지쳐 버렸거늘—

내 아들의 죽음을 절통해하는 끊임없는 탄식으로 허공을

가득 메워 버린 나의 절규를 쏟으려면 어디로 향해야 하지?

내가 쏟아내는 말에 호응하듯 거세게 휘몰아치는 바람은   5

나의 탄식을 듣고 잎새 하나 없는 나무들을 흔들었고,

푸른 초원에선 꽃들을 떨구어 헐벗은 상태로 만들었고,

산들은 샘처럼 솟는 내 눈물로 흥건한 늪을 만들었고,

놋으로 지은 굳건한 지옥의 문들을 꿰뚫어버렸음에랴.

고통받는 내 영혼은, 간헐적으로 터져 나오는 한숨과   10

안식할 줄 모르는 정염으로 끊임없이 시달리는 가운데,

나래를 달고 하늘로 치솟고, 허공에서 떠돌며 헤매다가,

그지없이 밝기만 한 하늘의 창문을 두드리면서

정의와 복수를 실현시켜 달라고 애절하게 간청하지.

하지만 제신들은 최고천(最高天) 높은 데에 자리하였고,   15

금강석으로 쌓아 올린 이중벽(二重壁)이 가로막고 있어,

도저히 뚫고 들어갈 방도가 없어. 그래서 제신들은

내 슬픔에 무감각하고, 내 말에 도통 귀를 안 기울리지.

[교수형집행리 편지를 들고 등장]

교수형집행리 아, 나으리! 이를 어쩝니까, 나으리? 그토록

익살맞게 주절대던 그—그 피터그레이드[1]란 자 말씀입니다.   20

히에로니모 그래. 그자가 어쨌단 거야?

교수형집행리 아, 나으리, 그자는 억울하게 죽었습니다.

그자는 면죄를 충분히 입증할 서류를 소지하고 있었습니다.

나으리, 그 서찰이 여기 있습니다. 그자는 억울하게 갔습니다.

히에로니모 네 말 알겠다. 이리 다오.   25

교수형집행리 제가 처형당하는 건 면하게 해 주시겠죠?

히에로니모 그리하고 말고.

교수형집행리 감사합니다요, 나으리. [퇴장]

히에로니모 내게 보다 절박한 문제가 있긴 하지만,

내가 견뎌야만 하는 슬픔을 잠시나마 잊어볼 양으로   30

이 서찰을 읽는 동안은 내 고통에서 벗어날 수 있겠지.

"나으리, 제가 처해 있는 상황이 하도 급박한지라,

저의 방면을 위해 힘써 주십사고 글월을 올립니다.

나으리께서 무심하시다면, 저의 생명이 위태롭고,

---

1 억울한 자를 처형했다는 사실에 당혹한 교수형집행리는 페드린가노의 이름을 제대로 기억하지 못한 상태에서 '피터그레이드'라는 엉뚱한 이름을 댄다.

제가 죽게 된다면 저는 진실을 털어 놓을 작정입니다.   35
아시는 대로, 저는 나으리를 위해 그자를 죽였사옵고,
저는 왕자님과 나으리와 공모한 것이 사실입니다.
보상과 상급을 후하게 내리시겠다는 약조를 믿고,
돈 호레이쇼를 살해하는 일도 도와 드렸습니다."
그자가 내 아들 호레이쇼를 죽이는 일을 도왔다?   40
그런데 그 끔찍스런 참극에 참여한 자들이 바로
네놈들이었더냐? 로렌조? 발사자르? 그리고 너?
억울하게 죽은 내 아들의 비극을 불러온 자들이?
내가 무엇을 들었고, 내 눈은 무엇을 본 것이냐?
오, 성스런 하늘이여, 그토록 철저하게 은폐되고,   45
그토록 오래 감춰져 왔던 천인공노할 그 범죄가
이 편지로 말미암아 마침내 이처럼 만천하에
폭로가 되고 응징을 받게 되는 것이오이까?
생각지도 않았던 일이 사실인 걸 이제 알겠으니,
벨-임페리아의 편지가 가짜가 아니라는 것이야.   50
그자들이 벨-임페리아, 나, 호레이쇼, 또 제놈들을
속였지만, 벨-임페리아는 거짓말을 하지 않았어.
벨-임페리아 편지와 이 편지를 연결시켜 보니,
이제 모든 정황을 알겠어. 지금까진 까맣게 몰랐는데,
이제는 절실히 깨달았어. 하늘이 응징을 내리지 않고   55
그냥 지나치지는 않을 짓을 그놈들이 하였다는 것을.

에잇, 간특한 로렌조 놈! 네 간사한 눈길이 이거였더냐?

이것이 네놈이 내 아들한테 베풀어 준 영예였더냐?

그리고 발사자르— 네놈의 영혼과 내게 저주스런 놈!

내 아들이 네놈 몸값으로 받기로 한 것이 이것이었더냐?　　　　　60

마지못해 치른 전쟁의 명분이라니— 저주받을지어다.

네놈의 저열함과 생포된 신세에 저주 있을지어다.

네놈의 출생, 네놈의 몸뚱이, 네놈의 영혼에, 그리고

네놈의 아비, 네놈의 정복된 신분에 저주 있으라!

그리고 내 아들이 네놈에게 연민의 정을 베풀어 준　　　　　65

날짜와 장소에도 극도의 혐오를 담은 저주 있으라![2]

허나 쓸데없는 말을 쏟아 보았자 무슨 소용이 있나?

내 슬픔을 치유할 방도는 오로지 피뿐인 것을—

전하께 가서 읍소를 올려 내 억울함을 호소하고,

야윈 내 발로 돌바닥이 닳도록 궁전에 드나들면서　　　　　70

정의를 구현해 달라고 온 궁이 울리게 외쳐야겠어.

간청을 하여 억지로라도 정의를 획득하든가, 아니면

복수하고 말겠다는 위협으로 모두 지치게 만들든지. [퇴장]

2　전장에서 발사자르가 낙마했을 때 호레이쇼는 그를 죽이지 않고 생포하였다.

8장

[같은 장소]

[이사벨라와 그의 하녀 등장]

이사벨라 그래, 네 말은 이 풀은 눈을 맑게 하고,

이 풀은 머리를 개운하게 만들어 준다고?

아, 하지만 어떤 풀도 가슴을 깨끗하게 씻지는 못해.

아냐, 내 병을 치유할 약초는 어디에도 없고,

죽은 사람을 살려낼 수 있는 의술은 없어. [광기를 보인다.]   5

호레이쇼! 오, 호레이쇼야, 어디 갔니?

하녀 마님, 그렇게 아드님 호레이쇼를 큰 소리로

불러 찾으시면서 마님 스스로를 놀라게 하지 마세요.

그분은 엘리지움의[1] 들판에서 고요히 잠들어 계세요.

이사벨라 그놈들이 저지른 악독한 짓을 복수하라고   10

내가 너한테 가운과 좋은 물건들을 주지 않았니?

또 호루라기하고 채찍자루도 하나씩 사 주었지?

하녀 마님, 이런 망상은 내 영혼을 괴롭게 해요.

---

1 엘리지움(Elysium)은 다른 말로는 'Elysian fields'라고도 하는데, 축복받은 사람들이 사후에 사는 낙원을 말한다.

이사벨라 "내 영혼"이라고? 불쌍한 것! 네가 알지도

못하는 걸 입에 올리는구나. 내 영혼은 은으로 된   15

날개가 있어, 저 높디 높은 하늘로 날아 오른단다.

하늘이라 했나? 그래, 거기 호레이쇼가 앉아 있는데,

빨간 얼굴의 아기 천사들 한 무리가 그 애 뒤에 있고,

그 애의 방금 치유된 상처들 주위를 돌며 춤을 추고,

달콤한 찬가를 부르고 천국의 음조를 노래한단다.   20

그 듣기 힘든 화음은 우리 시대의 거울로 죽은—

그렇지, 죽은—그 애의 순진무구함을 예찬하는 것이야.

헌데, 말해 주어. 호레이쇼를 살해한 그 살인자들을

어디서 찾아낼 것인지 말야. 내 아들을 살해한

그놈들을 찾으려면 어디로 달려가야 하는지 말야.   25

[두 사람 퇴장]

9장

[돈 싸이프리언의 궁전]

[벨-임페리아 창문 앞에 등장]

벨-임페리아 무슨 이유로 나를 이렇게 핍박하는 걸까?

왜 나를 이렇게 궁정으로부터 격리시키는 거지?

아무런 정보도 얻을 수 없고! 이 비밀스럽고 수상쩍은

가혹 행위의 이유만이라도 알 수는 없는 것일까?

저주받은 오라비, 인간의 도리를 저버린 살인자,   5

당신이 나를 이렇게 박해하도록 만드는 동기가 무어야?

히에로니모, 그대가 겪은 해악을 내가 무얼 바라고 썼죠?

어쩌면 이렇게 복수를 게을리할 수 있단 말예요?

안드레아, 아, 안드레아, 당신 친구 호레이쇼로 인해

내가 이런 처지에 놓였고, 나 때문에 호레이쇼가   10

아무런 이유도 없이 살해된 것을 당신이 보셨다면! ―

억지로라도 이를 악물고 이 궁경을 참아내고,

주어진 상황에 적응하려 최선을 다할밖에 ―

언젠가는 하늘이 도와 나를 자유롭게 해 주시겠지.

[크리스토필 등장]

크리스토필 자, 벨-임페리아 아씨, 이러시면 안 됩니다.

[두 사람 퇴장]

10장

[같은 장소]

[로렌조, 발사자르, 사동 등장]

로렌조 이놈아, 더 말하지 마라. 일이 순조롭게 진행되는구나.

그 녀석이 죽는 꼴을 네가 두 눈으로 본 것이 사실이렸다?

사동 그렇지 않다면, 나으리, 저는 죽은 목숨이지요.

로렌조 됐다. 그놈이 죽을 때 내뱉은 결의에 관해선,

그놈이 지금 가 있는 곳에 계신 그분께[1] 맡기자꾸나.   5

자, 내 반지를 가지고 가서 크리스토필한테 주고,

내 누이동생을 그만 풀어주라는 말을 전해라.

그리고 내 누이를 곧바로 이리로 데려오거라. [사동 퇴장]

내가 이런 조치를 취했던 것은 그 살인이

세상에 알려지지 않게 덮어두려는 술책이었어.   10

그 일이 있고 아흐레가 지나 날라가 버렸으니,

내 누이를 이제는 풀어 주어도 상관없어.

발사자르 시간도 문제일세, 로렌조. 자네도 들었겠지만,

---

1 하느님을 말함.

공작 어른께서 어젯밤 벨-임페리아를 찾으셨다네.

로렌조 이유가 중요한데, 왜 그 애를 격리시켰는지   15
내가 충분히 설명을 했고, 새겨 들었기를 바래요.
하지만 다 동일한 문제지요. 내 누이를 사랑하오?

발사자르 그렇네.

로렌조 허면 조심해서 구애해요. 교묘하게 하라구요.
모든 의혹을 불식시키고, 내 말대로 확실히 해요.   20
제 연인에 대해서라던가 비밀 유지에 관해서라던가
그 애가 이러쿵저러쿵 까탈스럽게 따지려 들면,
부드럽게 응수하라구요. 짐짓 가볍게 받아넘기면
골치 아플 문제도 덮을 수 있어요. 예 오는군. — 누이냐?

   [벨-임페리아 등장]

벨-임페리아 누이? 아냐! 당신은 오라비가 아니라 원수야.   25
그렇잖고서야 어떻게 당신 누이를 이리 대할 수 있겠어?
처음엔 칼을 빼어들고 나를 두려움에 떨게 만들질 않나,
흉폭한 언행으로 나와 함께 있는 사람을 욕보이질 않나,
회오리바람처럼 광분하며 나를 휘몰아쳐서는
당신과 어울리는 패거리에 휩쓸어 넣질 않나,   30
아무도 내게 다가오지 못하게 가둬 놓고선, 내가 당하는
고통을 아무에게도 털어 놓지 못하게 하질 않나—
무슨 미치광이의 분노가 당신 얼을 덮씌운 거예요?
아니면, 내가 오빠한테 무얼 잘못했단 말예요?

로렌조 판단을 좀 바르게 하거라, 벨-임페리아,   35

내가 너를 굴욕스런 처지로 몰아갈 일은 안 했다.

다만 필요 이상으로 분별심을 발휘해서

너와 나 자신의 명예를 지키려 하였을 뿐이야.

벨-임페리아 내 명예라! 아니, 로렌조, 내가

무슨 일을 저질러 내 평판을 소홀히 했길래, 오빠나   40

다른 어느 누가 그걸 건질 필요가 있었다는 거예요?

로렌조 전하와 아버님께서 합의를 보시기를,

포르투갈 부왕이 소유권을 포기하기로 각서를 제출한

재산에 관련된 몇 가지 문제에 관한 논의를 하시려고

히에로니모 경을 함께 찾아 보시기로 하였었다.   45

벨-임페리아 그런데 내 명예가 어떻게 실추됐다는 거예요?

발사자르 참아요, 벨-임페리아. 나머지 말을 들어요.

로렌조 내가 마침 가까이 있었으므로, 그분들은 나를 보내

두 분께서 거기 곧 도착하실 것이라는 전언을 하도록 하셨다.

헌데, 내가 왕자님을 대동하고 그 집에 도착했을 때,   50

예기치 않게, 히에로니모의 저택에 있는 정자에

벨-임페리아가 호레이쇼와 있는 것을 발견했다.

벨-임페리아 그래서요?

로렌조 그래서 네가 돈 안드레아로 인해 겪었던

지난 날의 수치스런 경력을 기억하고, 모르긴 해도   55

그처럼 보잘 것 없는 자와 함께 있는 것이 발견되어

먼젓번처럼 창피스런 풍문이 나돌 것이 우려되어,

— 그보다 더 확실한 방법이 없겠기에 — 호레이쇼를

아버님 앞에 놓인 길에서 제거할 생각이 들었다.

발사자르 전하께서 그대를 거기서 발견하면 안 되겠기에   60

그대를 눈에 뜨이지 않는 곳으로 은밀하게 데려간 것이었소.

벨-임페리아 그랬다고요? 허면 당신은 내 오라비의

궁색한 변명이 사실이라고 증언이라도 하는 건가요?

다정한 오라버니, 당신은 나를 위해 이 일을 획책했고,

왕자님, 당신은 내 오라비의 도구가 되었던 거라구요?[2]   65

참 훌륭한 일이었고, 괄목할 만한 일이기도 했군요!

하지만 그 뒤로 나를 유폐시킨 이유는 무엇이죠?

로렌조 네 우울증이야. 너의 첫 번째 애인이었던

돈 안드레아가 죽었다는 소식을 듣고 난 이후로,

과거 아버님의 분노가 네 우울증을 악화시켰거든.   70

발사자르 그리고 기왕 아버님 눈 밖에 난 처지에서

칩거함으로써 그분의 노여움을 피하는 것이 나았소.

벨-임페리아 허면 아버님의 노여움을 왜 내가 몰랐죠?

로렌조 그랬다면 네 불길에 기름을 붓는 것 같았겠지.

---

2 (i) "And you, my lord, were made his instrument!" (Cairncross)
(ii) "And you, my lord, were made his instrument?" (Brooke and Paradise) (i)과 (ii) 중에
서 역자는 후자를 택했다. 벨-임페리아가 단정적으로 말하는 것이라기보다는, 어처
구니가 없어 야유조로 말하는 것으로 읽는 것이 낫기 때문이다.

안드레아를 잃고 나서 에트나처럼³ 타오르고 있었으니까.   75

벨-임페리아 그런데 아버님이 나를 안 찾으시던가요?

로렌조 그러셨지. 그래서 이렇게 말씀드렸단다.

[벨-임페리아에게 귓속말을 한다.]

그건 그렇고, 벨-임페리아, 고매한 왕자님을 봐라.

너를 사랑하는 젊은 발사자르를 눈여겨 보려무나.⁴

네 앞에서 이분의 정염은 더욱 타오르고 있지 않니?   80

그리고 이분의 울적함에서 네가 볼 수 있는 것은

네 미움과 이분의 사랑이다. 네가 피할수록 이분은 널 따른다.

벨-임페리아 오라버니, 지난 번 마지막 만난 뒤로

달변이 되셨네요. 그런데 나는 알아들을 수 없거니와,

내가 견문이 짧아서인지는 모르나, 내가 소화하기에는   85

너무 교묘하고 비교할 데가 없군요. 허나 마음 놓아요.

왕자님이 숙고하고 있는 건 차원 높은 것일 테니까요.⁵

발사자르 군왕들의 마음을 정복하는 건 그대의 미모요.

아리아드네의⁶ 실타래처럼 따아내린 그대의 머리칼이

---

3 Ætna(또는 Etna)는 이탈리아 시실리섬에 있는 활화산.

4 "Look on thy love, behold young Balthazar," 여기서 'thy love'는 '너의 사랑' (즉 '내가 사
   랑하는 사람')이란 뜻이 아니라, '너를 사랑하는 사람'이란 뜻이다. 그 다음에 나오는
   말들이 이런 해석을 뒷받침한다.

5 발사자르가 벨-임페리아의 마음을 얻으려 하는 것은 사랑 때문이 아니라 정치적 야
   심이 있기 때문이라는 말.

6 아리아드네(Ariadne)는 그리스신화에 나오는 여인으로 미노스(Minos) 왕의 딸인
   데, 테세우스(Theseus)에게 미로 탈출을 도울 실뭉치를 주었다. 그런데 여기서 발
   사자르는 벨-임페리아의 아름다운 머리채가 그를 사로잡았다는 것을 강조하려

나를 매료하여 나는 얼결에 거기에 엉켜 자유를 잃었다오.　　　90

그대의 상아와 같은 이마는 내 슬픔을 그린 지도이러니,

그 안에서 나는 내 희망이 정박할 항구를 보지 못하는구려.

벨-임페리아 사랑과 두려움이 동시에 존재한다니, 왕자님,

내가 생각키로는, 이는 여자들의 아둔한 머리로서는

감당하기 어려운 깊은 의미가 있는 것 같군요.　　　95

발사자르 사랑하는 사람은 나요.

벨-임페리아 누구를 사랑하는데요?

발사자르 벨-임페리아지요.

벨-임페리아 하지만 난 두렵다구요.

발사자르 누가 두렵소?　　　100

벨-임페리아 벨-임페리아요.

로렌조 너 자신이 두렵다고?

벨-임페리아 그래요, 오빠.

로렌조 어째서?

벨-임페리아 사랑하는 사람이 싫어 잃을까 두려워서죠.　　　105

발사자르 그렇다면 발사자르에게 그대를 맡기시오.

벨-임페리아 아니, 발사자르도 두려워하긴 마찬가지예요.

는 것이므로, 의미상 연결이 잘 안 된다. 그래서 'The Revels Plays Series'의 *The Spanish Tragedy*(1959)를 편집한 Philip Edwards는 작가가 아라크네(Arachne)를 아리아드네 (Ariadne)로 잘못 표기한 것이 아닐까 추정하고 있다. 역시 그리스신화에 나오는 아라 크네는 리디아(Lydia)의 처녀로, 베짜기 경쟁에서 여신 아테나(Athena)에게 지고 나 서 거미로 변신을 했다. 거미줄에 얽켜 꼼짝 못하게 되는 심상에 들어맞는 해석이다.

[라틴으로] '그리고 나는 두려움에 떠는 자를 더 두렵게 만들기

싫었네. 어리석은 술책으로 하는 짓거리는 모두 헛된 일이로세.'

로렌조 이런, 그처럼 말재간을 부리며 대꾸할 양이면,   110

궁정에 들어가서 이 대화를 계속 이어가도록 하자.

발사자르 내 님의 천상의 아름다움을 길잡이 별 삼아

불쌍한 발사자르는 주눅이 들어 걸음을 옮긴다네.

자신의 순례길이 어디에서 끝날지 모르면서

높은 산을 넘으며 터벅터벅 걷는 방랑자처럼.   115

[모두 퇴장]

11장

[거리]

[두 명의 포르투갈인들 등장. 히에로니모 그들과 마주친다.]

포르투갈인 1 실례합니다, 어르신.[1]

히에로니모 실례를 받아들이겠소. 갈 길 가시구려.

　당신이 내 실례를 받아들인다면, 나도 내 갈 길 갈 테니.

포르투갈인 2 여쭙는데, 공작님 저택 가는 지름길이 어딥니까?

히에로니모 내게 제일 가까운 길이지.　　　　　　　　　　　5

포르투갈인 1 그분 저택으로 가는 길 말씀입니다.

히에로니모 응, 아주 가깝네. 저기 보이는 집일세.

포르투갈인 2 그댁 아드님이 거기 계실까요?

히에로니모 로렌조 말씀이오?

포르투갈인 1 예.　　　　　　　　　　　　　　　　　　　　10

　[히에로니모 한쪽 문으로 들어가 다른 문으로 나온다.]

1　1602년판에는 이 첫 행 다음에 47행에 이르는 히에로니모의 독백이 첨가되었다.
(Brooke와 Paradise가 편집한 텍스트에서는 이태리체로 꺾쇠 괄호 안에 나타난다.) 그
러나 길을 물으려고 행인이 말을 걸었는데 히에로니모가 긴 독백을 들려주고 나서야
대답을 하는 것은 어색하기 그지없다. 이 번역에서는 이 첨가된 부분을 살리지 않았
다. 그래야 극적 진행이 순조롭기 때문이다.

히에로니모 그만두시게! 다른 이야기를 하는 게 나아.

하지만 그자에게 가는 길을 알아내 꼭 찾아내고 싶다면,

내 말 잘 듣게나. 내 자네들 궁금증을 풀어 줄 것이니.

자네들 왼손 쪽으로 난 길이 하나 있는데, 그 길은

양심의 가책으로부터 불신과 공포의 숲으로 이끈다네.   15

그 숲은 어둡고, 그곳을 통과하려면 위험을 감내해야 돼.

그곳에서 자네들은 우울한 상념들을 만날 것인데,

자네들이 그 못돼먹은 기운을² 떠받들기라도 하면,

그 길은 자네들을 절망과 죽음으로 인도할 걸세.

거기 있는 바위 절벽들을 자네들이 일단 쳐다보면,   20

끝없이 지속되는 밤의 거대한 골짜기에서

세상의 온갖 사악한 짓거리들로 불타오르는 가운데

더럽고 혐오스런 연기를 뿜어올리는 걸 볼 게야.

살인자들이 저주받은 그들의 영혼을 위한 거처를

마련해 놓은 그곳에서 멀리 떨어지지 않은 데에   25

조브가³ 끓어 오르는 분노를 이기지 못해 마련한

놋쇠로 된 솥 하나 타는 유황 불 위에 놓여 있고,

---

2 '못돼먹은 기운'은 'baleful humours'의 직역이다. 그 앞행의 '우울한 상념들'은 'melancholy
  thoughts'의 직역이다. 'humours'라 함은 인간의 체질과 성정의 네 가지 성향들을 말
  함인데, 'blood', 'phlegm', 'black bile', 'yellow bile' 네 가지 체액들이 어떻게 배합되어
  있느냐에 따라 성격이 달라진다고 믿었다. 'melacholy'는 'black bile'이 승한 경우로서,
  지나치게 이성적이고 우울한 성향을 갖게 된다고 믿었다.
3 '조브(Jove)'는 주피터(Jupiter) 또는 제우스(Zeus)를 말하지만, '하느님' 대신에 쓰는
  말이기도 하다.

거기서 로렌조가 끓는 납물과 죄 없는 희생자들의

피에 몸을 담그고 목욕하는 것을 발견할 것일세.

포르투갈인 1 하, 하, 하!

히에로니모 하, 하, 하! 그래, 웃자, 하, 하, 하!

그럼 잘 가게, 하, 하, 하! [퇴장]

포르투갈인 2 미친놈임에 틀림이 없어. 아니면,

늙어서 노망이 났거나―자, 공작님을 찾아가세나.

[두 사람 퇴장]

12장

[히에로니모 한 손에 비수, 다른 손에 밧줄을 들고 등장]

히에로니모 자, 내가 여기 온 건 전하를 만나려는 것이지.

전하께선 나를 보고 내 소청을 기꺼이 들어주려 하실 테지.

헌데, 주변에 있는 자들이 사소한 문제들로 내 말문을

막으려 할 테니 이상하고 있을 수 없는 일이 아닌가?

그만 둬. 그자들 수작을 내가 아는데, 말을 말자.   5

히에로니모, 이제 너는 가 버릴 때가 되었어.

시뻘건 피가 물줄기를 이루어 흐르는 골짜기 아래

불붙는 탑이 하나 서 있지. 그곳에는 판관 하나가

철과 놋을 녹여 만든 의자 위에 앉아 있고,

이빨 사이에는 불에 달군 인두를 물고 있는데,   10

지옥이 자리 잡은 호수로 이르는 길로 안내하지.

가거라, 히에로니모! 그에게 가란 말이다. 그가

호레이쇼의 죽음에 대한 너의 한을 풀어 주리라.

이 길로 내려가거라.[1] 허면 그를 곧 만날 것이야.

아니면 이것?[2] 허면 숨을 쉴 필요도 없을 거야.   15

이걸로, 아니면 이걸로? ─ 잠깐, 그래선 안 되지!

내가 목을 매거나 이 비수로 자결을 해 버리면,

누가 호레이쇼의 살해를 복수해 준단 말인가?

아니지, 아냐! 그래선 안 돼. 잘못된 생각이야.

　　[비수와 밧줄을 집어던진다.]

이 길로 가야지. 임금께서 이리 올 것이니까.　　　　　　　　20

　　[던졌던 것들을 다시 집는다.]

그리고 여기서 소청을 드려 보아야겠어. 암.

발사자르야, 네놈 혼줄을 내 놓고야 말겠다.

또 너도, 로렌조! 여기 임금께서 오시는군. 아니야, 그만 둬.

여기, 그래, 여기. 잘못하면 기회를 놓치는 거야.

　　[국왕, 대사, 카스틸 공작, 로렌조 등장]

국왕　자, 대사, 부왕께서는 무어라 하시었소?　　　　　　　　25

과인이 보낸 문서를 받아 읽으셨소이까?

히에로니모　정의를, 오, 히에로니모에게 정의를!

로렌조　물러서시오! 전하께서 바쁘신 걸 못 보시오?

히에로니모　그러신가요?

국왕　누가 과인의 집무를 중단시키려 하는가?　　　　　　　　30

히에로니모　전 아닙니다. [방백] 히에로니모, 조심해! 조심하라구!

대사　전하, 전하의 제안과 동맹을 약속하신

1　여기서 '이 길'은 한 손에 들고 있는 비수를 말한다.
2　'이것'은 다른 손에 들고 있는 밧줄을 말함이다.

내용을 담은 서한을 부왕께서 받아 읽으셨습니다.

그리고 그분의 아드님이 융숭한 대접을 받고 계심에,

아드님이 이미 죽은 줄 알고 몹시 슬퍼하셨던 차라,   35

솟구쳐 오르는 기쁨을 억누르지 못하시었사옵고,

다음과 같은 의향을 전하게 여쭘으로써 전하를 더욱

만족스럽게 하여 드리고 우정을 다지고자 하십니다.

우선, 그분의 아드님과 전하께서 사랑하시는 질녀

벨-임페리아와의 혼담에 관하여 말씀을 여쭙자면,   40

그 소식은 노한 하늘을 달래는 몰약(沒藥)이나 향(香)보다도

저희 부왕 전하의 영혼을 기쁘게 하였사옵니다.

따라서 저희 부왕 전하께서 친히 왕림하시어

이 결혼식이 엄숙하게 거행되는 것을 보시고,

스페인의 온 궁신들이 배석한 자리에서   45

스페인과 포르투갈 두 나라의 군왕들 사이에

와해될 수 없는 결속을 굳게 다짐으로써

군왕다운 우정과 영원한 동맹을 맺고자 하십니다.

그 자리에서 그분은 발사자르에게 왕관을 줄 것이며

벨-임페리아를 왕비로 책봉할 것이옵니다.   50

국왕 아우, 우리 부왕의 제안을 어찌 생각하는가?

카스틸 전하, 친선을 도모하고자 하는 명예로운

제안임을 저는 믿어 의심치 않음은 물론이려니와,

그분의 아드님 발사자르에게 거는 기대도 놀랍고,

저의 딸에 대해 그토록 호의를 가지고 대하심에 55

그분의 후의에 깊은 감사를 드리는 바입니다.

대사 마지막으로, 전하, 그분 아드님의 송환을

즉시 요구하는 것은 아니로되, 돈 호레이쇼에게

지불하여야 할 몸값을 차제에 보내시었습니다.

히에로니모 호레이쇼! 누가 그 애 이름을 부르지? 60

국왕 잘 말해 주었소. 부왕께 감사의 말씀 전해 주오.

자, 이 증서를 호레이쇼에게 전하도록 하오.

히에로니모 정의를, 오, 정의를 원하옵니다, 전하!

국왕 누군가? 히에로니모인가?

히에로니모 정의를, 오, 정의를! 오, 내 아들, 내 아들! 65

그 어떤 몸값을 지불하더라도 구해낼 수 없는 내 아들!

로렌조 히에로니모, 당신 제정신이 아니구려.

히에로니모 비켜라, 로렌조. 내 앞을 막지 마라.

네놈이 내 행복을 송두리째 잃게 하고 말았다.

내 아들을 돌려 다오! 네놈은 그 애를 살려 낼 수 없지! 70

비켜라! 대지의 내장을 찢어발기련다.

　　[단검으로 땅을 후벼 판다.]

그리고는 나룻배를 타고 극락정토로 건너가서,

내 아들을 데리고 와 그 애가 입은 상처들을 보여 주마.

내 주위에서 물러서렸다!

이 비수를 곡괭이로 만들어 버릴 테고, 75

내 대법관의 지위 따위는 내던져 버리겠다.

왜냐면 나는 지옥에서 악귀들을 모아 데리고 와

이 짓을 저지른 네놈들 모두에게 복수할 테니까.

국왕 아니, 이 무슨 소동인가? 80

저자의 광기 어린 분노를 잠재울 사람 없나?

히에로니모 아니, 쉬! 조용! 걱정하실 필요 없습니다.

악마에 들씌운 자는 가만 내버려 두어야 해요. [퇴장]

국왕 히에로니모에게 무슨 일이 일어난 건가?

저렇게 품위를 잃은 모습은 일찍이 본 적이 없는데 ─

로렌조 전하, 저 사람은 자기 아들 호레이쇼가 85

몹시 자랑스러워 한껏 기고만장하여 있사온데,

젊은 왕자 발사자르의 몸값을 자신의 몫으로

삼아 차지하려는 욕심에 정신이 나가,

그만 미쳐 버린 듯합니다.

국왕 조카, 그 말을 들으니 참으로 안됐다. 90

아비가 자식에게 갖는 사랑이란 이런 것이다.

하지만, 아우, 가서 이 금을 그에게 전해 주게.

왕자의 몸값이니, 그에게 주어도 상관없겠지.

아비가 받았다고 호레이쇼가 서운해하겠나?

모르긴 해도 히에로니모에게 필요한 모양이니. 95

로렌조 하오나 그가 저토록 정신을 잃었다면,

그를 그의 직위에서 물러나도록 하시고, 옳은

판단력을 가진 사람을 기용하셔야 할 것이옵니다.

국왕 그랬다가는 그의 우울증이 더 심해지겠지.

좀 더 시간을 두고 관찰한 연후에, 지위에 계속   100

머물게 할 것인지 과인이 결정함이 옳을 것이야.[3]

허면, 아우, 대사를 모시고 안으로 들어가서

발사자르와 벨-임페리아의 상견례에

대사께서 입회하도록 하여 주시게나.

그리 함으로써 과인이 날짜를 정하여, 대사,   105

그대의 주군인 부왕을 이곳에 오시도록 하여

결혼식을 올리도록 할 것이니 —

대사 그리 하여만 주신다면, 이곳으로부터의 소식을

고대하시는 부왕 전하께서 크게 기뻐하실 것이옵니다.

국왕 자, 들어가 말을 더 나눕시다, 대사.

[모두 퇴장]

3　"ourself will *execute* the place."(Brooke and Paradise); "ourself will *exempt* the place."
(Cairncross) 위의 둘 중 어느 경우를 택하더라도 의미가 분명하지 않다. 그러므로
Robert Ornstein과 Hazelton Spenser는 다음과 같이 뜻풀이를 하였다. "Keep immune
from the necessity of replacing him" (*Elizabethan and Jacobean Tragedy*, Boston, 1964).

13장[1]

[히에로니모의 집]

[히에로니모 손에 책을[2] 들고 등장]

히에로니모 [라틴으로] '복수는 나의 것!'[3]

그래, 하늘은 모든 범죄에 대해 복수하실 것이야.

그리고 살인을 응징하지 않고 지나치실 리 없어.

그렇다면, 히에로니모, 하늘의 뜻을 기다리자꾸나.

하늘이 응징하실 때를 인간이 정할 순 없으니 말이야.　　　　　5

[라틴으로] '다른 범죄로 이르는 길은 늘 범죄를 통해서다.'[4]

네가 억울한 일을 당하면, 반격하라, 그것도 정면으로!

1　1602년판에는 12장이 끝나고 13장이 시작되기 전에 170행 정도 첨가된 부분이 있는
데, 거기 나오는 화가 바자도(Bazardo)의 이야기는 다음에 나오는 바줄토(Bazulto)의
이야기와 중복되는 감이 있고, 필요없이 작품을 길게 만들기 때문에 번역을 생략한
다. 학자들은 이 첨가된 부분을 건너뜀으로써 극의 진행이 더욱 원활하다고 생각하
고 있고, 역자도 그에 동의한다.
2　다음에 나오는 히에로니모의 대사에 인용되어 있는 행들에 근거해 볼 때, 그가 들고
있는 책은 로마의 비극작가 세네카(Seneca)의 작품집임이 분명하다.
3　"*Vindicta mihi!*" 글자 그대로 번역하면, '복수는 나의 것!' 이는 『로마서』 12장 19절에
나오는 말로, 화자는 하느님이다.
4　"*Per scelus semper tutum est sceleribus iter.*" 세네카의 〈아가멤논(*Agamemnon*)〉에 나오
는 말("*per scelera simper sceleribus est iter*")의 변형이다. 영어로 번역하면, 'The safe
pay to crimes is always through crimes.'

왜냐면 악행은 또 다른 악행으로 우리를 이끌어 가고,

결단의 행위 뒤에 오는 최악이랬자 죽음밖에 더 있나?

인내심을 가지고 조용한 삶을 유지하려 애쓰는 자의   10

삶이란 것도 결국은 쉽게 끝나 버리고 마는 법 —

[라틴으로] "파타 시 미세로스 이유반트 하베스 살루템

파타 시 비탐 네간트 하베스 세풀크룸" — 5

'운명이 네 비참한 상태를 경감시켜 준다면,

너는 건강을 지키고 행복하여 질 것이다.   15

운명이 너에게 생명을 거부한다 해도, 히에로니모,

너는 적어도 무덤 하나만큼은 확보되어 있어.'

어느 한 쪽이 아니더라도, 이것으로 위안을 삼자.

매장되지 않은 자일지라도 하늘이 덮어 주시지. 6

결론을 말하자면, 난 그 애 죽음을 복수할 것이야.   20

하지만, 어떻게? 범용한 머리의 인간들이 하듯이,

들어내 놓고서가 아니라, 결정적인 타격을 주어 —

이를테면 비밀스럽고도 확실한 수단을 동원하되,

겉으로는 짐짓 다정스런 모습으로 위장하는 거야.

현명한 자는 기회를 포착할 줄 아는 사람이니,   25

---

5 "*Fata si miseros juvant, habes salutem; Fata si vitam negant, habes sepulchrum:*" (Seneca, *Troades*, 510~512) 이 라틴문장은 잇대어 나오는 히에로니모의 대사 네 행(14~17 행)에 그 의미가 설명이 되어 있다.

6 Lucan, Pharsalia vii, 118 : *Caelo tegitur qui non habet urnam.*(J. Schick(ed.), *The Spanish Tragedy*, London, 1898).

일을 꾸밈에 있어 시의적절하게 도모하는 법이야.

허나 극단적인 상황에선 좋은 기회를 잡을 수 없지.

따라서 아무 때나 복수에 적기라고 볼 수는 없어.

그러니까 나는 불안한 가운데 평상심을 유지하고,

동요하는 중에도 평온함을 가장하여야만 돼.   30

그놈들의 악독한 행동을 짐짓 모르는 체 함으로써

겉으로 보이는 내 순박한 외양이 그자들로 하여금

내가 아무것도 모른 채 지나리라고 믿게 해야 돼.

왜냐면, 나도 알고, 그자들도 알다시피,

'무지는 악을 치유함에 있어 무용지물'이기[7] 때문이야.   35

그자들을 겁박해 보았자 내게 좋을 건 하나도 없어.

그자들은 광야에 불어대는 겨울 폭풍과 같아서

그자들의 높은 신분으로 나를 짓눌러 버릴 테니까.

아냐, 아냐, 히에로니모, 너는 순종하는 자세로

눈길을 아래로 깔고, 하고 싶은 말이 있어도   40

네 심기를 억누르고 혀를 다소곳하게 가다듬고,

심장은 인내심에 가두고, 손찌검도 말 것이며,

모자는 공손하게 벗어 들고, 무릎을 굽혀야 할지니,

복수할 때와 장소와 방법을 알 때까지 말이야.

---

7 *"Remedium malorum iners est."* 이 말은 세네카의 〈외디푸스(*Oedipus*)〉에 나오는 말
(*"Iners malorum remedium ignorantia est"*)의 변형이다. 영어로 번역하면, 'Ignorance is
an idle remedy for ills.'

[무대 뒤에서 들리는 소란한 소리]

이건 무슨 소리지? 왜 이리 소란스런 거야?   45

　　[하인 등장]

하인 여기 가련한 청원자들 한 무리가 몰려왔는데,

　　이자들이 간청하는 바는, 어르신이 마다하지 않으신다면,

　　자기들의 처지를 전하께 간원드려 주십사는 것입니다.

히에로니모 나보고 자기들의 탄원을 진언해 달라고?

　　그 사람들 들어오라고 해라. 만나는 주어야겠지.   50

　　[세 명의 시민들과 노인 바줄토 등장]

시민 1 [들어오며 옆 사람들에게] [8]

　　그래, 내 말은 이거야. 학식과 법률에 관한 한,

　　온 스페인을 통틀어 이분을 능가할 사람이 없고,

　　공정한 판결을 내리기 위해 이분의 절반 만큼도

　　수고를 아끼지 않을 사람이 없다는 것일세.

히에로니모 내게 소청이 있다니 가까이들 오시게.   55

　　[혼잣말] 이제 나는 엄숙한 표정을 지어야 해.

　　내가 대법관이 되기 전에, 변호인으로서 의뢰인의

　　권익을 위해 변론을 할 때 그리하고는 하였었지.—

　　자, 말들을 하시게나. 무슨 사안으로들 오셨는가?

8　텍스트에 이런 무대지시문이 없지만, 대사의 내용으로 미루어 판단하건대 히에로니
　모에게 하는 말 같지는 않고, 밖에서 나누던 대화를 무대에 등장하며 계속하는 것으
　로 보는 것이 옳을 듯하다.

시민 2 청원이올습니다.   60

히에로니모 구타 사건인가?

시민 1 제 건은 채무에 대한 겁니다.

히에로니모 [시민 2에게] 장소를 말하게.

시민 2 아닙니다. 법의 테두리를 벗어난 사안에 관한 겁니다.

시민 3 제 건은 임대차기간 만료 전 계약파기에 대한 겁니다.   65

히에로니모 알겠네. 자네들 각자의 건을 청원해 달라는 건가?

시민 1 예, 여기 제 각서가 있습니다.

시민 2 여기 제 약정서가 있습니다.

시민 3 여기 제 계약서가 있습니다.

　　　[세 사람 제각기 문서들을 제출한다.]

히에로니모 헌데 저 순박한 노인은 왜 아무 말이 없는가?   70

　　　슬픔에 젖은 눈으로 두 손을 하늘을 향해 쳐들고 서 있으니—

　　　노인장, 가까이 와서 무슨 용건인지 말씀해 주시구려.

바줄토 아, 지체 높으신 분, 제 억울한 사정을 조금만 들어도

　　　우악스런 머미돈들의 9 가슴도 연민으로 가득 차게 될 것이고,

　　　코르시카의 바위들이 동정의 눈물 흘리며 녹아 내릴 것입니다.   75

히에로니모 노인장, 무엇을 탄원하려 함인지 말씀하오.

바줄토 아니하겠습니다. 제 슬픔을 고통스런 몇 마디로

9　머미돈들(Myrmidons)은 트로이전쟁에 아킬레스를 따라 온 테쌀리(Thessaly) 사람들
　을 말함인데, 주인의 명령에 절대 복종하는 용맹스럽고 무정한 무사들의 전형으로
　통한다.

여쭐 수 있다면, 피가 시작한 사연을 — 여기 보시다시피 —

종이에 잉크로 적어 놓지는 않았을 것입니다. [탄원서를 건넨다.]

히에로니모 무슨? "살해당한 아들에 대한 돈 바줄토의 탄원"?　　　80

바줄토 그러하옵니다.

히에로니모 아니야. 살해당한 건 내 아들이야!

　아, 내 아들, 내 아들, 아, 내 아들 호레이쇼!

　내 아들이든 그대 아들이든, 바줄토, 매일반이지.

　자, 여기 내 손수건을 받아 눈물을 닦으시게.　　　85

　그동안 나는 비탄에 잠겨, 불운한 그대의 모습에서

　죽어가는 나 자신의 생생한 초상화를 볼 것일세.

　　　[피묻은 수건을 꺼낸다.]

　아, 아냐, 이게 아냐. 호레이쇼, 이건 네 것이었어.

　내가 이 손수건을 네 소중한 피로 물들였을 때,

　이 아비가 네 죽음을 반드시 복수하고야 말리라고　　　90

　네 영혼과 나 사이에 굳게 맹세한 표징이었더랬지.

　이것도 받고, 이것도 받으시게. 이건 내 지갑인가?

　그래, 이거, 또 이거 — 모두 다 그대가 갖으시게.

　우리 두 사람은 똑같은 처지가 아닌가 말일세.

시민 1 아, 히에로니모의 따스한 마음이라니!　　　95

시민 2 인정에 넘치는 분이 아니고서야!

히에로니모 보렴, 히에로니모, 네 치욕을 말이야.

　여기 아들을 사랑하는 아버지가 하나 있는 걸 보렴.

죽은 아들을 생각하고 저 노인이 슬픔에 젖어
비탄의 절규를 토하는 저 모습을 잘 보란 말이다.　　　　　　100
미물들에게도 사랑은 줄기찬 효력을 발휘하고,
지각이 덜한 자들에게도 사랑의 감정은 여전하고,
신분 낮은 자들도 사랑의 강력한 힘을 보인다면,
히에로니모, 바람과 파도에 들볶이며 격노한 듯
굽이치는 바다가, 정해진 조류를 지키려 하면서도　　　　　　105
해면에서는 드높은 물결을 이루며 뒤집는 동안,
저 바다 밑에서도 물길이 소용돌이를 치는데,
아, 히에로니모, 너는 부끄럽지도 않으냐? 네 아들
호레이쇼의 죽음에 복수를 게을리한다는 사실이?
이 지상에서는 정의를 발견할 수 없다고 해도,　　　　　　110
나는 지옥에라도 내려가, 이 격렬한 감정을 지니고
플루토의[10] 궁전의 음산한 문들을 두드릴 것이야.
그리고는, 그 옛날 알키데스가[11] 그랬던 것처럼,
분노의 여신들과 악랄한 마귀할멈들을 강요하여
돈 로렌조 놈과 나머지 놈들을 고문토록 할 테야.　　　　　　115
하지만 내가 그 질퍽거리는 길로 들어가는 것을
머리 셋 달린 문지기 개가[12] 막을 것에 대비하여,

---

10 플루토(Pluto)는 하계의 왕. 천문학에서는 명왕성(冥王星)을 의미함.
11 알키데스(Alcides)는 헤라클레스의 다른 이름.
12 머리 셋 달린 문지기는 지옥문을 지키는 개 케르베루스(Cerberus)를 말함.

너는 트라키아의 시인으로[13] 위장을 해야 돼.

이리 오시오, 노인, 내 오르페우스가 되어 주오.

그대가 비파를 타면서 음조를 고를 줄 모른다면,　　　　　120

그대 가슴을 짓누르는 슬픔을 털어 놓으시구려.

그리하면 언젠가는 내 아들을 살해한 놈들에게

복수를 해도 좋다고 프로써피나가[14] 허락할 테지.

그러면 내 그놈들을 [서류들을 찢으며] 이렇게, 이렇게

찢어발길 테야. 놈들의 사지를 내 이빨로 뜯을 거야.　　　　125

시민 1 아, 어르신, 제 서약서!

　　　[히에로니모 퇴장. 시민들 그 뒤를 쫓는다.]

시민 2 제 어음요!

　　　[히에로니모 재등장]

시민 2 제 어음요!

시민 3 아, 내 계약서! 제가 그걸 작성하는데

　　십 파운드나 썼는데, 어르신, 그걸 찢어 버렸어요.　　　　130

히에로니모 그럴 리 없어. 손 하나 안 댔는데 —

　　거기서 피 한 방울이라도 나왔으면 보여 달란 말야!

　　그렇지 않고서야 내가 그걸 어떻게 없앴다는 거야?

　　체, 아니지. 어디, 나를 따라와서 잡아 보려무나.

　　　[바줄토만 남고 모두 퇴장. 히에로니모 다시 들어와 바줄토의 얼굴을

---

13 트라키아의 시인(Thracian poet)은 오르페우스(Orpheus)를 말함.
14 프로써피나(Proserpina)는 하계의 여왕이자 플루토(Pluto)의 아내이다.

응시하며 말한다.]

호레이쇼야, 이 지상에서의 정의를 요구하려고   135

저 땅 밑으로부터 온 것이냐? 네 아비에게

아직 네 복수가 실현되지 않았다고 말해 주려고,

또 너무 오래 울부짖는 통에 눈빛마저 흐릿해진

이사벨라의 눈에서 눈물을 더 짜내려고 왔느냐?

아들아, 되돌아가서 애아쿠스에게나[15] 호소해 보렴.   140

여기엔 정의가 없기 때문이다. 이놈아, 가라니까,

정의가 지상으로부터 추방되었다 하지 않았느냐.

히에로니모가 너와 동행하여 주마.

네 어미가 정의로운 라다만스에게[16] 외치는구나.

살인자들에게 정의로운 복수를 하여 달라고 —   145

바줄토   아, 어르신, 어찌 이리 혼미하십니까?

히에로니모   그래도 내 호레이쇼를 찬찬히 보아야지.

귀여운 놈, 죽음의 검은 그늘에서 많이도 달라졌구나!

프로써피나가 네 청춘을 가엽게 여기지도 않고,

진홍빛으로 만발하던 네 인생의 봄을 이처럼   150

매몰차게 불어 삭막한 겨울로 시들게 했더냐?

호레이쇼야, 넌 네 아비보다 더 늙어버렸구나.

---

15 애아쿠스(Æacus)는 하계(Hades)의 세 심판관들 중의 하나다. 나머지 둘은 미노스
   (Minos)와 라다만스(Rhadamanth)이다.
16 라다만스(Rhadamanth)는 하계의 세 심판관들 중의 하나다. 앞의 주석 참조.

아, 냉혹한 운명, 용모를 이처럼 바꿔버리다니!

바줄토 아, 어르신, 저는 어르신의 아들이 아닙니다.

히에로니모 뭐? 내 아들이 아냐? 그렇다면 너는 155

분노의 신이지? 어둠 가득한 밤의 텅 빈 왕국에서,

무시무시한 미노스와 정의로운 라다만스 앞에

출두하라는 소환장을 내게 가져온 사자(使者)이지?

그래서, 할 일을 게을리하고, 호레이쇼의 죽음을

복수할 꿈도 꾸지 않는 히에로니모를 힐책하려고? 160

바줄토 저는 슬픔에 잠긴 자이지 혼령이 아녜요.

살해당한 제 아들놈의 한을 풀어 달라고 온 겁니다.

히에로니모 그래, 그대가 그대 아들 이야기를 하니

이제 알아보겠네. 그대는 내 슬픔의 판박이 형상일세.

그대의 얼굴에서 나는 내 슬픔을 볼 수가 있구먼. 165

그대의 눈은 눈물로 진득거리고, 두 뺨은 야위었구먼.

그대 이마는 수심이 가득하고, 우물거리는 입술은

구슬픈 말을 웅얼대다가 갑자기 말이 끊어지는데,

자네의 영혼이 뿜어 내는 긴 한숨 때문일 테지.

이 모든 슬픔이 다 아들로 인해 솟아나는 거야. 170

나 또한 마찬가지로 내 아들 때문에 슬프다네.

자, 들어오시게, 노인, 이사벨에게 데려갈 테니.

내 팔에 기대게. 나는 그대를, 그대는 나를 부축하고,

그대와 나와 내 여편네가 노래를 함께 부를 것이니,

세 성부(聲部)가 하나로 합치고, 온통 불협화음일 테지.   175

소리줄 타령은 그만두고,[17] 이제 이 자리를 함께 뜨세.

내 아들 호레이쇼는 오랏줄에 매어 죽임을 당했거든.

[두 사람 함께 퇴장]

---

17 "Talk not of chords,"(Brooke and Paradise); "Talk not of cords,"(Cairncross) 'chords'와
'cords'는 소리가 같지만, 의미는 서로 다르다. 'chords'는 음악에서의 현(絃)을 의미하
기도 하지만, '줄'이라는 개념은 'cord' ― 즉 밧줄 ― 와 심상이 통한다. 그 다음 행에
'cord'라는 단어가 나오기 때문에 이 두 단어들의 상호 연계가 흥미롭지만, 번역에서
이를 살려내기란 지난한 일이다.

14장

[스페인 궁정]

[한 쪽에서 스페인 국왕, 카스틸 공작, 로렌조, 발사자르, 벨-임페리아,

시종들 등장. 다른 쪽에서 포르투갈 부왕, 돈 페드로, 시종들 등장]

국왕 아우가 나서게. 카스틸 공을 위한 일이니—

과인의 이름으로 부왕을 맞으시게.

카스틸   그리하겠습니다.

부왕 돈 페드로, 자네가 나서게. 그대의 생질을 위함이니—

그리고 카스틸 공에게 인사하게.

페드로   영을 따르겠나이다.

국왕 그럼 이 포르투갈 손님들을 맞아들입시다.   5

현재 우리가 그러하듯, 한때는 이들이 서인도 제도를[1]

다스리던 국왕이었으며 통치자들이었기 때문이오.

용감한 부왕, 스페인 궁을 찾으신 것을 환영하오.

또한 부왕을 모시고 온 명예로운 사절 여러분도!

그대들이 어찌하여 이곳을 찾아왔으며, 무슨 연유로   10

---

1   역사적으로 부정확한 기술이다. 포르투갈 영이었던 곳은 동인도 제도였다.

부왕을 모시고 바다를 건너왔는지 과인은 알고 있소.

그건 그렇고, 이 만남에서 과인은 혼약은 물론,

그대들이 과인에게 표하는 특별한 정을 알겠소.

과인이 아끼는 귀여운 질녀가 이미 발사자르와

혼약을 맺은 것이 사실이고, 이 혼약이 공표되어   15

과인도 이를 인지하고 매우 기쁘게 여기는 바요.

그래서 언약한 바대로 과인의 승락을 받아

이 두 사람의 혼례를 내일 거행하게 될 것이오.

이와 같은 과인의 의도를 실현하기 전에, 부왕과

그대 신하들의 뜻을 물어 화평을 이루고자 하오.   20

말씀들 하오, 포르투갈의 여러분, 그리 하오리까?

찬성이든, 불찬성이든, 분명하게 말씀해 주시오.

부왕 고명하신 국왕 폐하, 폐하께서 생각하시듯,

마지못해 순종하는 자들을 이끌고 온 것이 아니라,

폐하께서 제시하신 항목들에 근거해 폐하의 조치에   25

찬동하고 저를 만족시킨 사람들을 데리고 왔습니다.

폐하께서 사랑하시는 질녀, 아리따운 벨-임페리아와

저의 아들 발사자르의 결혼을 엄숙히 거행하기 위해

제가 여기 온 것임을 알아 주시기 바랍니다, 폐하.

그리고, 아들아, 듣거라. 너만을 보고 사는 나이기에,   30

너에게 왕관을 물려주니, 이는 너와 네 처의 것이다.

나는 다만 고적한 삶을 영위하며 살고자 하니,

천우신조로 네가 살아 있다는 사실에 감사드리며

끊임없는 기도 속에 파묻혀 지내고자 함이다.

국왕 보게, 아우, 부정(父情)이란 저런 것이야!   35

고매하신 부왕, 진심으로 환영하오. 그리고 그대가

아낌없이 베푸는 정에 과인도 동참하려 하오.

보다 친근한 자리가 이 군왕다운 정서에 맞으리다.

부왕 이 자리든, 어디든, 폐하의 뜻대로 하소서.

[카스틸 공작과 로렌조만 남고, 모두 퇴장]

카스틸 잠깐, 로렌조, 너하고 할 말이 있다.   40

두 임금들이 기꺼워하는 모습을 보았느냐?

로렌조 그럼요, 아버님. 저도 보기에 좋더군요.

카스틸 그리고 이 회동이 무엇 때문인지 아느냐?

로렌조 발사자르가 사랑하는 누이를 위해서이고,

두 사람의 결혼을 확정짓기 위함이지요.   45

카스틸 그 애가 네 누이 동생이냐?

로렌조 벨-임페리아 말씀예요? 그럼요, 아버님,

그리고 오늘이 제가 오랫동안 기다려 왔던 날입니다.

카스틸 네가 무언가 잘못해서 네 누이의 행복을

그르쳐 버릴지도 모르겠다는 생각은 하기도 싫지?   50

로렌조 로렌조가 그러도록 하늘이 허락할라구요.

카스틸 그렇다면, 로렌조, 내 말을 듣거라.

사람들이 수근거리고, 들려오는 풍문에 의하면,

로렌조, 네가 히에로니모에게 못할 짓을 하고 있고,

그 사람이 전하께 올리려는 탄원을 가로막으면서　　　　　55

네가 그의 소청을 좌절시키려고 한다는 것이다.

로렌조 제가 그런다고요?

카스틸 확실히 말하는데, 내 귀로 똑똑히 들었고,

그때 난, 네가 내 아들이긴 하지만, 서글프게도

네 입장을 변호하려 드는 것조차 창피스러웠다.　　　　　60

로렌조, 히에로니모가 그동안 그의 높은 인격으로

스페인 궁정에서 궁신들 사이에 확보해 놓은

한결같은 사랑과 우호적인 감정을 너는 아느냐?

그리고 내 형님이신 전하께서 히에로니모를

아끼는 마음과 그의 건강에 부심하심을 모르느냐?　　　　　65

로렌조, 네가 히에로니모의 감정을 거슬리어,

너에 대한 원망을 그가 전하께 고하기라도 하면,

사람들 모인 자리에서 네게 무슨 득이 될 것이며,

히에로니모가 너를 원망하는 말을 할 때,

두 분 전하께 그 무슨 민망한 노릇이겠느냐?　　　　　70

말해 보거라. 그리고 사실대로 말하란 말이다.

이런 소문이 궁중에 떠도는 연유가 무엇이냐?

로렌조 아버님, 천박한 자들이 제멋대로 혀를

놀리는 것을 제가 무슨 수로 막을 수 있겠습니까?

사소한 일이 번져 큰 문제를 일으키는 법이고,　　　　　75

모두를 오래 만족시키는 사람은 아무도 없어요.

카스틸 그 사람이 전하께 상소를 올리려는 것을

네가 늘 가로막는 것을 나도 익히 보아 알고 있다.

로렌조 그분이 전하 앞에서 격한 감정을 분별없이

터뜨리는 모습을 아버님께서도 보셨잖아요? 80

그리고 마음 고생이 심한 그 사람이 안됐기에,

저는 부드럽고 예의바른 말로 그분을 제지했는데,

이는 히에로니모에게 악감정이 있어서도 아니고,

또 제 양심에 거리낄 것 하나 없습니다, 아버님.

카스틸 허면 히에로니모가 너를 오해한 게로구나. 85

로렌조 아버님, 틀림없는 그분의 오해입니다.

하지만 자신의 아들이 살해당했다는 생각이 들어

실성을 하다시피한 노인을 어찌 탓하겠습니까?

아, 그분이 오해를 하는 것도 무리는 아니지요.

하지만 그분과 세상 사람들의 오해를 풀기 위해선 90

히에로니모와 제가 화해를 하는 것이 좋을 거예요.

그분이 정말로 저에게 의혹을 품고 있다면 말예요.

카스틸 로렌조, 네 말을 알겠다. 그렇게 하자.

누구 한 사람 가서 히에로니모를 오도록 해라.

[발사자르와 벨-임페리아 등장]

발사자르 자, 벨-임페리아, 발사자르의 마음에 95

만족감을 주며, 슬픔을 덜어 주고, 축복을 주는 그대 ―

하늘이 그대를 나의 배필로 점지하여 주었구려.

그 어두운 구름과 울적한 안색일랑 걷어내고,

태양처럼 밝은 눈빛으로 깨끗이 날려 버리시구려.

그대의 눈에 내 희망과 천상의 미가 서려 있다오.   100

벨-임페리아 왕자님, 내 눈빛은 사랑의 표시인데,

새로 시작한 사랑인지라 더 밝을 수가 없군요.

발사자르 새로 붙은 불길은 아침 해처럼 타올라야지요.

벨-임페리아 그래도 너무 빨리 타오르면 열기고 뭐고

다 사그러들고 말지요. 저기 아버님이 계시군요.   105

발사자르 사랑 싸움은 잠시 쉬고, 인사 드려야겠소.

카스틸 어서 오게, 용감한 왕자 발사자르, 카스틸에

평화를 약속하는 자네! 벨-임페리아, 너도 잘 왔다.

헌데 어찌 그리 서글픈 눈매로 아비를 보느냐?

나는 이 혼사가 흡족하니 마음을 놓거라.   110

안드레아가 살았을 때와는 경우가 다르다.

아비는 그 일을 이미 다 잊었고 용서하였느니라.

게다가 너는 훨씬 어울리는 배필을 맞게 되었잖으냐?

그런데 발사자르, 히에로니모가 오고 있네.

저 사람과 몇 마디 나눌 말이 있으이.   115

　　　　[히에로니모와 하인 한 사람 등장]

히에로니모 공작께선 어디 계시느냐?

하인 저기요.

히에로니모 그렇군. [혼잣말] 무슨 꿍꿍이로 날 불렀담?

말을 아끼자! 양처럼 순하게 보이고!

이제 복수를 해? 아냐, 아직 때가 아냐. 120

카스틸 어서 오시오, 히에로니모.

로렌조 반갑습니다, 히에로니모 경.

발사자르 반갑습니다, 히에로니모 경.

히에로니모 여러분들, 호레이쇼를 대신해 감사드립니다.

카스틸 히에로니모, 내가 그대를 보고자 한 이유는 이렇소. 125

히에로니모 아니, 하실 말씀이 그뿐인가요?

그러면 그만 가보겠습니다. 말씀 감사합니다.

카스틸 아니, 기다려요, 히에로니모! [로렌조에게] 다시 오시게 해라.

로렌조 히에로니모 경, 아버님이 하실 말씀이 있으시답니다.

히에로니모 나하고? [카스틸에게] 아니, 말씀 끝내신 줄 알았는데— 130

로렌조 아녜요. [방백] 그랬으면 얼마나 좋아!

카스틸 히에로니모, 경이 폐하를 뵈올 수 없는 것을,

경은 내 자식 탓으로 돌려, 이놈을 못마땅하게 여기면서,

그대의 탄원을 이놈이 막는다고 불평한다는 말을 들었소.

히에로니모 아니, 그런 해괴한 풍문이 나돈답니까? 135

카스틸 히에로니모, 그대에게 오해 없길 바라고,

그대가 갖춘 숱한 덕목에도 불구하고 내 아들을

의심한다는 것은 생각하기도 싫소. 내가 경을

어찌 생각하는지 잘 알고 있지 않소?

히에로니모 아드님 로렌조를요? 아니, 누구를요?   140
　　스페인의 희망이자 제 명예로운 친구인 이 사람을요?
　　그런 못된 말 하는 자들과 한판 붙지 못할라구요? [발검한다.]
　　그따위 말을 하는 자를 기꺼이 상대해 주지요. 이는 저를
　　미워하고 각하를 싫어하는 자가 퍼뜨린 해괴한 소문예요.
　　제 아들을 그토록 아끼던 로렌조가 제 탄원을 막거나   145
　　좌절시키리라는 의심을 제가 조금치라도 하겠습니까?
　　각하, 그런 말이 떠돈다니 참으로 수치스럽습니다.
로렌조 히에로니모, 난 오해받을 일 한 적 없어요.
히에로니모 나도 잘 알고 있어요.
카스틸 그렇다면 이쯤 해 둡시다. 그리고, 히에로니모,   150
　　세상 사람들 마음을 편케 하기 위해서라도, 내 집에 —
　　카스틸 공 싸이프리언의 고택에 — 자주 들러 주시오.
　　그리고, 아들아, 시슴치 말고 나와 내 집을 이용하렴.
　　자, 이제 발사자르 왕자와 내가 있는 자리에서
　　두 사람 서로 포옹을 하고 완전한 우정을 맹세하오.   155
히에로니모 그리하고 말고요, 각하. 각하께서
　　우정을 나누라셨나요? 예 있는 모든 분들과 그러지요.
　　[로렌조에게] 특별히 그대와 말요, 사랑스런 젊은이 —
　　여러 가지 이유에서 우리들이 우정을 나누는 것은
　　당연한 노릇예요. 세상 사람들은 의심이 많아서   160
　　우리가 상상도 못할 일을 생각해내고는 하지요.

발사자르 우정에 넘치는 말씀이오, 히에로니모.

로렌조 지나간 마음의 앙금이 잊혀졌으면 해요.

히에로니모 여부가 있나요? 안 그러면 수치지요.

카스틸 자, 청하노니, 히에로니모, 함께 가십시다.   165

오늘은 경과 더불어 시간을 보내고 싶소.

　　　[히에로니모를 뒤로 하고 모두 퇴장]

히에로니모 분부대로 하지요.— 체! 갈 길을 가렴.

[이태리어로] '유난히 다정하게 나를 쓰다듬는 자는

이미 나를 배반했거나 앞으로 배반을 할 놈이로다.' [퇴장]

코러스

[안드레아의 혼령과 복수의 정령 등장]

안드레아 깨어나라, 에릭토![1] 케르베루스,[2] 깨어나라!

플루토에게[3] 청원을 하오, 마음씨 고운 프로써피나여![4]

전투에 임할지어다, 아케론이여,[5] 에레부스여![6]

지옥의 강 스틱스와[7] 플레게톤에[8] 걸어 말하거니와,

캐론이[9] 불타는 호수 위를 나룻배로 건네 줄 때,   5

불쌍한 안드레아가 본 것처럼 끔찍한 광경을

보여 준 적이 없었어. 복수의 정령이여, 깨어나오!

복수의 정령 깨어나라고? 무엇 때문에?

안드레아 복수의 정령이여, 깨어나오!

주의 깊게 보고 있어야 할 때에 잠을 자다니!   10

복수의 정령 느긋이 마음먹고, 날 귀찮게 말게.

안드레아 복수여, 깨어나오! 늘 그러하였듯,

---

1 에릭토(Erichtho)는 테쌀리아(Thessalia)의 여자 마법사.
2 케르베루스(Cerbedrus)는 머리가 셋 달린 지옥문을 지키는 개.
3 플루토(Pluto)는 하계의 왕.
4 프로써피나(Proserpina)는 플루토의 아내이자 하계의 여왕.
5 아케론(Acheron)은 저승(Hades)에 있는 강. 영혼은 이 강의 나룻배 사공 캐론(Charon)
   이 젓는 배를 타고 이 강을 건넌다고 했다.
6 에레부스(Erebus)는 이승과 저승 사이에 있는 암흑계이고 죽은 자의 거처라고 했다.
7 스틱스(Styx)는 하계에 있는 강.
8 플레게톤(Phlegethon)은 하계에 있는 강으로 불길에 싸여 있다고 했다.
9 캐론(Charon)은 지옥의 강 나룻배 사공으로 죽은 자의 영혼을 실어 나른다고 했다.

사랑이 지옥에서도 유력하고 영향력이 있다면!

히에로니모가 로렌조와 한 패거리가 되었고,

복수를 향해 나아가는 우리 길을 막으려 하오.   15

깨어나오, 복수여! 안 그러면 우리는 끝장이요!

복수의 정령 속물들은 이처럼 꿈에 본 걸 믿는다니까.[10]

마음 느긋하게 먹게나, 안드레아. 내가 잠들었어도,

저들의 영혼을 나의 분노가 움직이고 있다네.

불쌍한 히에로니모가 그의 아들 호레이쇼를   20

잊지 못할 거라는 사실만은 분명히 해 두지.

복수의 정령이 잠시 잠들어도 죽은 건 아닐세.

왜냐면 소란한 가운데 짐짓 고요를 가장하거든.

그리고 자는 척 하는 것이 흔한 술책이란 말야.

잘 보게, 안드레아. 이를테면, 복수의 정령이   25

잠이 들어 있었지만, 운명이 지시하는 대로

어떤 일이 벌어질 것인지 상상해 보란 말야.

　　　　[무언극이 진행된다.]

안드레아 복수, 깨어요. 이게 무슨 뜻인지 말해 주어요.

복수의 정령 처음 둘은 대낮의 태양처럼 환하게 타는

---

10 복수의 정령이 하는 이 말에는 'Theatrum mundi'의 상념이 포함되어 있다. 안드레아
가 현실에서 벌어지고 있다고 생각하는 일이 사실은 '꿈'에 지나지 않는다는 복수의
정령의 말은 우리가 사는 현실이 결국은 한 판의 연극일 수밖에 없다는 생각이 그것
이다. 더욱 재미있는 말은, 이미 죽은 안드레아의 혼령을 놓고 복수의 정령은 '속물
(worldlings)'이라고 부르는 것이 그것이다.

혼례를 위한 횃불을 들고 가는 사람들이고,   30

바로 그 뒤를 하이멘이[11] 서둘러 따라가는데,

검은 색과 누런 색이 뒤섞인 옷을 입고 있지.

그 옷들을 펄럭거리며 피로 물들게 하는데,

일이 저렇게 진행되는 게 못마땅한 모양일세.

안드레아 되었소. 무슨 의미인지 알겠소.   35

그리고 한 사랑에 빠진 자의 슬픔을 묵인하지

않으려는 그대와 하계의 정령들에게 감사하오.

쉬시오. 나는 앉아서 나머지를 구경할 테니 —

복수의 정령 허면 투정 말게. 소원대로 될 테니.

[모두 퇴장]

---

11 하이멘(Hymen)은 결혼의 신인데, 남성이다.

4막

The Spanish Tragedy

1장

[돈 싸이프리언의 궁전]

[벨-임페리아와 히에로니모 등장]

벨-임페리아 호레이쇼를 향한 사랑이 이런 건가요?

겉으로 표방하시는 부자간의 사랑의 실체가 이것인가요?

이것이 쉬지 않고 흘리시는 눈물의 결실인가요?

히에로니모님, 이것이 어르신이 갖고 계신 격정이고,

사람들이 지치도록 집요하게 쏟아 놓으신 항의와   5

뼈 속에 사무치는 절규의 결과가 이것 뿐인가요?

아, 무정하신 아버지! 아, 속임수로 찬 세상!

어떤 변명으로 이 불명예와 사람들의 미움을

불식하고 어르신의 낯빛을 세우려 하십니까?

제가 보내 드린 편지와 어르신 자신의 믿음이   10

아무런 이유도 없이 그 사람이 살해당했음을

입증하는데도, 이토록 무심하게 지내시다니요.

히에로니모님, 부끄러운 줄 아세요.

히에로니모님, 아들에게 그토록 무정하셨다는

사실이 후세에 역사로 남도록 하지는 마세요.   15

그런 자식들을 둔 어머니들은 얼마나 불행할까요?

정성을 다해 많은 양육비를 들여가며 키운 자식들을

그토록 허망하게 잃고 나서도, 그들의 죽음을 그렇게

쉽사리 망각하는 아버지들은 괴물일 수밖에 없어요.

어르신과 비교해 볼 때 국외자에 불과한 저 자신은   20

그분을 그토록 사랑했기에, 그자들이 죽기를 원해요.

비록 제가 겉으로는 이 일을 받아들이는 체 하지만,

그분의 죽음을 복수하지 않고 그대로 두진 않겠어요.

하늘과 땅이 지켜보는 이 자리에서 저는 맹세하는데,

어르신께서 지키셔야 할 사랑을 게을리하시고,   25

체념한 상태로 넘기고 아무 시도도 하지 않으신다면,

극악무도한 방법으로 그분을 죽음에 이르게 만든

그자들의 역겨운 영혼을 제가 지옥으로 보낼 거예요.

히에로니모 하지만 벨-임페리아가 입 밖에 낸

그런 복수를 하겠다는 맹세를 믿어도 될 것일까?   30

그게 사실이라면, 하늘이 우리가 뜻하는 바를 돕고,

그 저주받은 살인자들에 대한 복수를 수행하라고

모든 성인들께서 권유하고 계심을 나는 알겠소.

소저(小姐), 그대가 쓴 편지를 발견한 것이 사실이고,

그 편지가 거짓된 것이 아니었음을 이제 알겠소.   35

호레이쇼가 어찌 죽었는지 그 편지에 적었지요.

용서하오, 아, 용서하오, 벨-임페리아. 경계하는

마음이 지나쳐 그 편지를 믿지 않았던 것이오.

내가 생각이 없어 자식놈의 죽음에 대한 복수를

할 엄도 않고 지나쳐 버리리라고 생각지 마오.　　　　　40

이 자리에서 맹세하거니와 ― 그대가 동의하고,

내 결의를 비밀로 하여 주겠다는 조건으로 ―

아무런 이유도 없이 내 아들을 살해한

그자들의 죽음을, 내 오래지 않아 결정할 것이오.

벨-임페리아 히에로니모님, 저는 동의하고, 비밀을　　　　　45

지킬 것이며, 어르신을 돕는 일이라면 무엇이든 하여

호레이쇼의 죽음을 복수하는 데에 힘을 보태겠어요.

히에로니모 그럽시다. 내가 무슨 일을 꾸미든,

간절히 부탁하는데, 내가 하는 일에 협조해 주시오.

왜냐면 이미 내 머릿속에 계획이 섰기 때문이오.　　　　　50

여기 이자들이 오는군. [발사자르와 로렌조 등장]

발사자르 웬일이오, 히에로니모? 벨-임페리아에게 구애 중이오?

히에로니모 그렇소. 헌데 말씀 드리지만, 구애를 해 본댔자,

여자는 내 가슴을 잡았는데, 여자 마음을 잡은 건 당신이구려.

로렌조 헌데, 히에로니모, 이번만은 꼭 경의 도움이 필요해요.　　　　55

히에로니모 내 도움이라고요? 두 분은 나를 믿어도 좋아요.

내게 그럴 만한 일을 하지 않았습니까? 아무렴요, 그러셨지요.

발사자르 지난번 포르투갈 대사를 영접할 때,

여흥을 준비하여 전하를 몹시 즐겁게 해 주셨어요.

어르신의 학식이 그토록 풍부한 것이라면,   60

제 결혼 첫날 저녁을 즐겁게 보내기 위해서

그와 같은 볼거리나 여흥을 마련하여 내 아버님을

기쁘게 해 주신다면, 모두들 즐거워할 겁니다.

히에로니모 그게 다오이까?

발사자르 예, 그게 다입니다.   65

히에로니모 그러면 준비하지요. 말이 더 필요 없어요.

내가 젊었을 때, 하잘것없는 시를 쓰는 일에

한때 몰두한 적이 있었어요. 시를 쓴답시고

허세를 부리는 자에겐 별 볼일 없는 것이었지만,

세상 사람들로부터 꽤 흥미를 끈 작품이었지요.   70

로렌조 어떤 작품인데요?

히에로니모 내용인즉 이렇습니다.

[혼잣말] 내 생각엔, 네놈들 너무 서두르는구나. ─

내가 톨레도에서 공부하던 시절,

비극을 한 편 쓸 기회가 있었지요.   75

[책 하나를 그들에게 보여주며] 이걸 보시오.

오래 잊고 지내오다가 엊그제 찾아내었어요.

그런데 두 분들께서 이 작품을 공연하는 데에

직접 참여해 주었으면 내게 도움이 되겠는데 ─

내 말은 두 분이 각기 단역을 맡는다는 거요.   80

그리하면 필시 몹시 흥미로운 행사가 될 테고,

보는 사람들로부터 큰 갈채를 받을 것이외다.

발사자르 아니, 우리보고 비극을 공연하란 거요?

히에로니모 네로는 그걸 수치스럽게 여기지 않았고,

　　군왕들과 황제들도 연극 공연에 참여하는 것을　　　　　　85

　　즐거운 체험으로 받아들여 왔지요.

로렌조 아니, 히에로니모 경, 화 내시지 말아요.

　　왕자께서는 그저 여쭈어 본 거니까요.

발사자르 참말이지, 히에로니모, 진지한 말씀이라면,

　　내가 한 역을 맡아 하겠소이다.　　　　　　　　　　　90

로렌조 나도요.

히에로니모 그런데, 나으리, 공의 누이 벨-임페리아도

　　한 역을 맡아달라고 청하실 수 있나요?

　　여자가 등장하지 않는 연극이 무슨 재미가 있겠어요?

벨-임페리아 청하실 필요도 없어요, 히에로니모님.　　　　　95

　　어르신의 연극 공연에 저도 꼭 참여하고 싶거든요.

히에로니모 자, 그러면 됐어요. 말씀 드리는데,

　　이 작품은 원래 신사들과 학자들이 공연하게끔

　　작가가 의도한 것이어요. 대사의 의미를 이해하는

　　사람들이라야 하거든요.　　　　　　　　　　　　100

발사자르 그러면 왕족들과 궁신들이 공연해야죠.

　　우리들이라야 대사를 제대로 읊을 수 있을 테니까.

　　우리나라 관행이 그러한데, 이 연극의 개요를

대충 말씀해 주셨으면 좋겠어요.

히에로니모 자세히 말씀 드리지요. 스페인 연대기에   105

로데스의 기사 한 사람의 이야기가 수록되어 있어요.

이 기사는 퍼시다라는 이름의 어느 이탈리아 처녀와

약혼을 한 사이였는데, 마침내 결혼을 하게 되었어요.

그녀의 미모는 보는 사람의 눈을 황홀하게 만들었고,

특히 결혼식에 주빈으로 참석하였던   110

솔리만의[1] 영혼을 완전히 사로잡고 말았던 거예요.

솔리만은 갖가지 방법을 동원하여 퍼시다의 사랑을

얻고자 하였으나, 목적을 달성하지 못했어요.

그러다가 솔리만은 자신의 연모의 정을 친구에게

털어 놓았는데, 그가 퍽이나 신뢰하는 파샤였어요.[2]   115

이 파샤는 퍼시다를 오랫동안 설득해 보았으나,

그녀의 배필인 로데스의 기사가 죽기 전에는

그녀의 마음이 돌아서지 않으리란 것을 알고,

비열한 방법을 동원하여 그를 살해하였어요.

퍼시다는 극도의 증오심을 억누르지 못하여,   120

솔리만을 살해하고 말았고, 그리고 나서 퍼시다는

파샤의 횡포를 피하려고 스스로 목숨을 끊었어요.

---

1 Soliman은 Suleiman으로 표기하기도 하는데, 16세기 오스만 터키의 황제로 알려져
   있다.
2 파샤(pasha, 본문에서는 'bashaw')는 옛 터키의 주지사, 혹은 군사령관의 경칭이었다.

이것이 이 비극의 줄거리올시다.

로렌조 기막힌 이야기올시다!

벨-임페리아 히에로니모님, 그 파샤는 어찌 됐나요?   125

히에로니모 그렇지, 자신의 비열한 행동에 가책을 느끼고,

산 꼭대기로 뛰어 올라가서는 목매달아 죽었지요.

발사자르 그런데 우리들 중에 누가 그 역을 하지요?

히에로니모 아, 그건 내가 맡을 게요. 걱정 말아요.

내가 살인자 역할을 할 것이니, 염려 말아요.   130

내가 이미 다 생각해 둔 게 있어요.

발사자르 난 무슨 역을 맡지요?

히에로니모 대 솔리만, 터키의 황제.

로렌조 나는?

히에로니모 로데스의 기사 에라스투스.   135

벨-임페리아 저는요?

히에로니모 순결하고 결연한 퍼시다.

그리고, 여러분, 여기 각자의 대본이 있는데,

제각기 자신의 대사를 숙독하여 익히시고,

때가 되면 공연에 차질이 없도록 하세요.   140

[발사자르에게] 터키 모자를 하나 준비하시고,

시커먼 콧수염과 날이 넓은 환도를 하나 — [대본을 준다.]

[로렌조에게] 로데스의 기사답게 십자가 하나 — [대본을 준다.]

[벨-임페리아에게] 그리고, 소저, 그대는 복장을

피비,[3] 플로라,[4] 아니면 여자 사냥꾼처럼[5] 차려 입되,　145

그대가 판단하기에 가장 어울리는 것을 택해요.

그리고 나로 말하자면, 부왕께서 보낸 몸값으로

이 비극의 공연에 손색이 없도록 치장할 것이며,

공연을 위해 히에로니모가 아낌없이 돈을 썼다고

온 세상 사람들이 말하도록 할 것이올시다.　150

발사자르　히에로니모, 희극이 나을 것 같소이다.

히에로니모　희극이라고요? 체, 희극은

범용한 지적 수준의 사람들에게나 어울려요.

왕족들로 구성된 배우들을 무대에 세우려면,

장중한 문체로 쓴 비극이라야만 해요.　155

고양되고 장중한 비극, 군왕들에게 어울리고,

내용이 심오하고, 범사를 떠난 내용을 담은 —

나으리들, 결혼식 끝난 첫날 저녁의 여흥으로

적합한 공연은 이런 작품이라야만 해요.

이탈리아의 비극배우들은 하도 영민한지라,　160

단 한 시간 동안 작품을 숙지하고 나서

무대에 올릴 만한 공연을 해냈다잖습니까?[6]

3　피비(Phoebe)는 달의 여신 아르테미스(Artemis)를 말함.
4　플로라(Flora)는 꽃, 풍요, 봄의 여신.
5　'여자 사냥꾼'은 사냥의 여신 다이아나(Diana)를 말하는데, 앞에 나온 '피비'와 중복이 된다.
6　당시의 배우들이 얼마나 빨리 연극 대사를 암기할 수 있었는지는 잘 알려진 사실이

로렌조 그럴만도 해요. 파리에서 프랑스의

비극배우들이 그런 공연을 하는 걸 본 적 있어요.

히에로니모 파리라 했소? 거 참, 잘 말했소!　　　　165

우리들이 해야 할 일이 한가지 더 있소.

발사자르 그게 무어요? 하나도 빠뜨리면 안 돼요.

히에르니모 우리 각자는 자기 대사를 별개의 언어로

들려주어야 해요. 그래야 각기 특색이 있을 테니까요.

다시 말하면, 그대는 라틴으로, 나는 그리스어로,　　　　170

또 당신은 이태리어로 — 그리고 내가 알기로는,

벨-임페리아 아씨는 프랑스어에 정통하기 때문에,

아씨가 하는 대사는 모두 궁정식 불어라야 해요.

벨-임페리아 제 지식을[7] 총동원하란 말인가요, 히에로니모님?

발사자르 그렇게 하면 혼란스럽기만 할 테고,　　　　175

우리가 하는 말을 서로 알아듣지 못할 것 아니오?[8]

히에로니모 그래야만 해요. 그래야 결말에 이르러

줄거리가 명확해질 테고, 사태가 잘 마무리되거든요.

다. 현대에 와서 프롬터(prompter)가 공연에 동원되게 되었지만, 당시의 배우들은 기계적인 암기를 한 것이 아니라, 나름대로 작품을 분석하고 이해했기 때문에, 이따금 즉흥적으로 대본에 없는 대사를 덧붙이기도 했다는 사실도 잘 알려져 있다. 그래서 후세의 학자들이 텍스트의 문제로 골머리를 썩히게 되었다.

7　원문에는 'cunning'이라는 단어가 쓰였지만, 현대영어에서 의미하는 '교활함'의 뜻 보다는, 이 단어의 원래의 뜻 — 고대영어 'cunnan'에서 파생된 '지식'이라는 뜻 — 으로 받아들여야 한다.

8　이 대사는 바벨탑의 건립을 불가능하게 만든 언어의 불통을 시사한다.

그리고 나 자신은 일장연설을 함으로써, 그동안 일어난
기이하고 놀라운 사건들을—그간 장막 뒤에 감추어져,   180
오리무중에 있던 사건들을—명쾌하게 설명해 줄 거요.
그리고 모든 사건이 한 장면에서 마무리 될 것인즉,
이야기를 지루하게 끌면 재미가 사라진단 말이요.

발사자르 [로렌조에게] 어찌 생각하오?

로렌조 내 생각은 이래요. 이자의 기분을 맞춰 줄밖에 —   185

발사자르 한번 해 봅시다, 히에로니모. 다시 만납시다.

히에로니모 이 계획을 계속 추진할 용의가 있소?

로렌조 그렇다 마다. [히에로니모만 남고 모두 퇴장]

히에로니모 그럼, 됐다! 이제 난 바빌론의 몰락을 볼 게야.
혼란의 와중에 일이 풀리도록 하늘이 도와주신 것일 테지.   190
이 비극이 사람들 마음에 들지 않는다면,
늙은 히에로니모의 행운은 볼장 다 본 거지. [퇴장]

2장

[히에로니모의 정원]

[이사벨라 검을 들고 등장]

이사벨라 더 듣기 싫어! — 오, 끔찍한 살인자들!

올곧은 정신도 따스한 마음도 임금을 움직여

정의로운 행동과 연민으로 이끌지 아니하니,

나 자신이 이 장소에다 복수를 할밖에 — 여기서

그놈들이 내 사랑스런 아들을 이렇게 죽였지! [나무를 찍는다.]　　5

이 불운하고 저주받은 소나무에서 뻗은 가지들과

보기에도 역겨운 쭉정이들아, 다 부러져버려라!

다 부러뜨려라, 이사벨라. 다 분질러버리고,

뿌리채 다 태워버려! 다른 가지가 자라지 못하게!

뿌리고, 줄기고, 동체고, 나뭇가지고, 쭉정이고,　　10

꽃망울이고, 이파리고, 하나도 남기지 않을 테야.

아니, 이 정원 속 풀 한 포기도 안 남길 테야.

내 비참한 팔자를 피어낸 저주받은 장소라니!

이 정원은 영원히 열매를 맺지 못할 것이고,

불모의 땅으로 지속될 것이며, 이 정원에 밭을　　15

가꾸려는 생각을 하는 자는 저주받을지어다!

요란하게 휘몰아치는 대기와 섞인 동풍이

화초들과 자라나는 묘목들을 말려버리고,

흙은 꿈틀대는 뱀들로 가득 채워질 것이며,

지나가는 사람들은 행여 독기운에 쏘일가보아　　　　　　20

멀리 떨어져 있으면서, 이곳을 보고 말하리라.

"저기서 이사벨의 아들이 살해당해 죽었다는군."

그래, 여기서 그 애가 죽었어. 그래서 그 애를 안는 거야.

저기 그 애의 혼령이 상흔들을 보여 주면서

자기 죽음을 복수해 달라고 내게 애원하는군.　　　　　　25

히에로니모, 어서 와서 당신 아들을 보구려.

슬픔과 절망이 나를 불러내어, 호레이쇼가

라다만스에게[1] 애소하는 것을 들으라는구려.

서둘러요, 히에로니모, 가증스런 분노로

우리애의 숨결을 멎게 만든 그놈들을 일찌감치　　　　　　30

처단하지 못한 당신의 게으름을 변명하라구요.

아, 안 돼요. 그놈들 처단을 미루면 안 돼요.

당신의 귀한 아들을 죽인 놈들을 용서 말아요.

오로지 나만이 나를 부추기는군요, 쓸데없이!

1　라다만스(Rhadamath)는 라다만투스(Rhadamanthus)를 줄인 것으로, 그는 제우스와
　　에우로파(Europa) 사이에 난 아들이었다. 정의의 사나이로 유명하여, 사후 형제인 미
　　노스(Minos)와 앵쿠스(Aeacus)와 함께 지옥의 재판관이 되었다.

이 나무가 더는 열매를 맺지 말라고 저주하듯,　　　　　35
그 애를 위해서라도 내 자궁을 저주할 거예요.
그리고 이 칼로 내 가슴에 상처를 낼 거예요.
호레이쇼를 젖먹여 키운 이 불쌍한 가슴을요— [자신의 가슴을 찌른다.]

3장

[돈 싸이프리언의 궁전]

[히에로니모 등장하여 휘장 못질을 한다. 카스틸 등장]

카스틸 아니, 히에로니모, 당신 친구들은

　다 어디 가고, 당신 혼자 고생을 하는 거요?

히에로니모 아, 다 작가를 돋보이게 하려는 거지요.

　모든 일이 잘 돌아가게 신경을 써야 한다구요.

　그런데, 각하, 소청드릴 일이 하나 있는데요.　　　　　　5

　연극 대본을 전하께 전해 주십시요.

　이것이 우리가 공연할 극의 줄거리올시다.

카스틸 그리하리다, 히에로니모 경.

히에로니모 한 가지 더 부탁드립니다, 각하.

카스틸 무엇이오?　　　　　　　　　　　　　　　　10

히에로니모 관객 일행이 입장을 다한 뒤에

　열쇠를 저에게 던져 주셨으면 합니다.

카스틸 그리하리다, 히에로니모. [퇴장]

히에로니모 준비 다 되셨소, 발사자르?

　전하께서 앉으실 의자와 방석을 가져오시오.　　　　15

[발사자르 의자를 들고 등장]

잘했어요, 발사자르. 극 제목을 걸어 놓으시오.

장소는 로데스요. 아니, 수염은 붙이셨소?

발사자르 반은 붙였고, 반은 손에 들고 있어요.

히에로니모 서두르시오, 제발. 왜 그리 굼뜬거요?

[발사자르 퇴장]

마음 단단히 먹어라, 히에로니모.   20

정신 똑똑히 차리고, 네 아들이 살해당함으로써

네가 입은 지난 날의 상처를 상기하란 말이다.

그리고 마지막으로 — 결코 작은 일이 아니지! —

한때는 그 애의 어미였고 내 사랑하는 아내였던

이사벨이, 그 애로 인한 슬픔에 목숨을 끊었지!   25

그렇다면, 히에로니모, 당연히 복수를 해야지!

연극의 구상이 잔혹한 복수 위에 짜여 있어.

히에로니모, 과감하게 복수를 결행할지어다.

이제 남은 일은 복수를 실행하는 것뿐이야! [퇴장]

4장

[같은 장소]

[스페인 국왕, 포르투갈 부왕, 카스틸 공작, 시종들 등장]

국왕 자, 부왕, 그대의 아들 발사자르 왕자와

과인의 생질인 돈 로렌조, 그리고 과인의 질녀가

기쁜 마음으로 공연하는, 터키의 황제 솔리만의

비극을 우리 함께 관람하게 되었구려.

부왕 질녀라 하심은 벨-임페리아 말씀입니까?　　　　　　　　　5

국왕 그렇소. 그리고 과인의 대법관 히에로니모도요.

그의 요청에 의해 이네들이 공연에 임하는 것이오.

이것이 스페인의 궁정에서 우리가 즐기는 오락이라오.

자, 아우, 그대가 프롬프터[1] 노릇을 해야겠네.

이것이 저들이 공연하는 작품의 개요일세. [책을 건넨다.]　　　10

[여러분, 히에로니모의 이 연극의 공연은 각기 다른 언어들로 진행되는

것을 전제로 하지만, 일반 독자들이 쉽게 이해할 수 있도록 하기 위해

---

1 배우들의 공연을 돕기 위해 무대 가까이, 그러나 관객들이 볼 수 없는 자리에 숨어,
　대본을 간간히 읽어 귀뜸을 해 주는 사람을 '프롬프터(prompter)'라 한다.

영어로 통일하여 대본을 기록합니다.]²

　　　[발사자르, 벨-임페리아, 히에로니모, 각기 배우로 등장]

발사자르(솔리만)

　장군, 로데스가 정복되었으니, 이는 하늘과

　우리의 성스러운 예언자 마호메트께서 베푸신 영광이오!

　그리고 그대는 솔리만이 하사할 수 있고 그대가 원하는

　모든 영광을 그대의 공훈에 대한 보답으로 향유하시오.

　그러나 로데스를 정복한 것보다 더한 그대의 업적은　　　　　　　15

　이 아름다운 기독교도인 요정 퍼시다를, 눈부시게

　찬란한 빛을 발하는 천하의 가인을, 찾아낸 것이오.

　그녀의 두 눈은, 강력한 광채를 발하는 금강석처럼,

　전사다운 솔리만으로 하여금 가슴을 조이게 만드오.

국왕　보시오, 부왕, 황제 솔리만으로 분한 사람은　　　　　　　20

　그대의 아들 발사자르인데, 사랑의 격정에 빠진

　솔리만의 역을 참으로 멋드러지게 해내는구려!

부왕　그렇군요. 벨-임페리아가 가르쳤겠지요.

카스틸　벨-임페리아에게 마음을 빼앗겼기 때문예요.

---

²　이 삽입된 문장은 작가가 독자들을 위해 적은 것으로 보아도 무방할 것이다.

히에로니모(파샤)

지상의 모든 기쁨을 폐하께서 향유하옵소서.   25

발사자르(솔리만)

퍼시다의 사랑 없이는 지상의 기쁨은 없다오.

히에로니모(파샤)

그러하오시면 퍼시다로 하여금 수청을 들게 하소서.

발사자르(솔리만)

그녀가 나를 모실 것이 아니라, 내가 그녀를 모시려오.

그녀가 내뿜는 빛의 영향에 압도되어, 나는 굴복하였소.

하지만 나의 친구인 로데스의 기사, 나의 생명보다   30

나에게 소중한 에라스토를 오라 하시오. 그래서

내가 사랑하는 퍼시다를 만나 볼 수 있게 합시다.

[에라스토로 분한 로렌조 등장]

국왕 여기 로렌조가 오는군. 아우, 소개문을 읽고

로렌조가 누구 역을 맡았는지 말해 주려나?

벨-임페리아(퍼시다)

아, 에라스토, 퍼시다에게 잘 오셨어요.   35

로렌조(에라스토)

퍼시다, 그대가 살아 있다니 에라스토에게 큰 기쁨이오.

에라스토의 기쁨에 비하면 로데스의 함락은 아무것도 아니오.

사랑하는 퍼시다가 살아 있으니, 에라스토도 살아 있는 것이오.

발사자르(솔리만)

아, 장군, 에라스토와 아름다운 퍼시다,

내 영혼이 떠받드는 퍼시다가 사랑을 나누는구려.   40

히에로니모(파샤)

막강한 솔리만이여, 에라스토를 제거하소서.

그리하면 퍼시다는 쉽게 마음이 돌아설 것이옵니다.

발사자르(솔리만)

에라스토는 내 친구요. 그가 살아 있는 동안에는

퍼시다가 사랑을 떨쳐 버리는 일은 없을 것이오.

히에로니모(파샤)

에라스토가 살아서 위대한 솔리만을 슬프게 마소서.   45

발사자르(솔리만)

과인의 군왕다운 눈에 에라스토는 다정한 벗이오.

히에로니모(파샤)

하오나 그가 폐하의 연적이라면, 죽어야 합니다.

발사자르(솔리만)

그를 죽이라고 사랑은 나에게 명하오만,

에라스토가 이렇게 죽어야만 한다는 것이 슬프오.

히에로니모(파샤)

에라스토, 솔리만께서 자네에게 안부 전하시네.   50

그리고 나를 통해서 폐하의 뜻을 자네가 알도록 하시네.

그건 바로 자네를 이렇게 기용하시려 함일세. [로렌조를 찌른다.]

벨-임페리아(퍼시다)

이럴 수가! 에라스토! 솔리만, 에라스토가 살해됐소!

발사자르(솔리만)

하지만 그대를 위로할 솔리만이 살아 있소.

눈부신 미의 여왕이여, 다정한 마음을 버리지 마오.   55

퍼시다가 그를 슬픔에서 해방시켜 주지 않으면,

퍼시다의 아름다움에 짙어만 가는 슬픔을 간직할

솔리만을 다정한 눈길로 불쌍히 여겨 감싸 주오.

벨-임페리아(퍼시다)

폭군, 헛된 하소연일랑 집어치워.

당신의 구슬픈 애소에 나의 귀는 꽉 닫혀 있어.   60

아무런 죄도 없는 기사, 내 에라스토를 죽이라고

당신이 고용한 도살자가 잔인하고 비열한 자이듯.

함에도 당신은 권세의 힘으로 명령을 내리려 하고,

퍼시다가 당신의 권력에 순종하리라 생각하지.

하지만 퍼시다가 할 수 있는 일이라면, 당신의   65

교활한 배신에 이렇게 복수하마, 비열한 임금. [발사자르를 찌른다.]

그리고 퍼시다는 이렇게 자신에게 복수함이야. [자신을 찌른다.]

국왕 멋들어진 장면이야! ─ 대법관, 훌륭한 공연이오!

히에로니모 벨-임페리아가 퍼시다 역을 참 잘했어요!

부왕 이 장면이 실제로 일어나는 일이라면, 벨-임페리아,　　　70
　　　내 아들을 이보다는 좀 더 잘 대해 주기를 바라겠네.

국왕 이제 히에로니모가 보여줄 장면은 어떤 것인가?

히에로니모 그렇지요. 히에로니모가 할 일은 이겁니다.

　　　이제 저희들이 사용한 제각기 다른 언어들을 버리고,

　　　우리들이 일상적으로 쓰는 말로 연극을 마치겠습니다.　　　75

　　　아마 여러분은 이렇게 잘못 생각하실지 모르겠습니다.

　　　이것은 그저 지어낸 이야기에 불과할 뿐이고, 우리는

　　　모든 비극배우들이 하는 바를 답습하였을 뿐이라고 ─

　　　한 장면을 연출하기 위해, 오늘은 아약스나³ 아니면

　　　그에 버금가는 로마의 영웅이 죽는 모습을 보여주려　　　80

　　　무대 위에서 쓰러져 죽는 시늉을 하고 나서는,

　　　내일의 관객들을 즐겁게 하려 다시 벌떡 일어나는 ─

　　　군왕들이시여, 아니올시다. 나는 히에로니모 ─ 불운한

　　　아들의 죽음으로 모든 희망을 잃은 아비 ─ 올시다.

　　　내 혀는 공연에서의 참담한 착오를 변명하기보다　　　85

　　　내가 겪은 최근의 이야기를 들려 드리고자 합니다.

　　　여러분의 표정은 내 말을 입증하라고 최촉합니다.

　　　내가 이렇게 하지 않을 수 없었던 이유를 보십시오.

　　　　[호레이쇼의 시신을 보여준다.]

3　아약스(Ajax)는 트로이전쟁에 참가한 그리스의 전사.

여기를 똑똑히 보십시오. 이 참혹한 광경을!

여기 내 희망이 누웠고, 내 희망은 여기서 끝났어요.　　　　90

여기 내 심장이 누웠고, 내 심장은 이렇게 터졌어요.

여기 내 보물이 누웠고, 내 보물을 이렇게 잃었어요.

여기 내 축복이 누웠고, 내 축복을 이렇게 빼앗겼어요.

희망과 심장과 보물과 기쁨과 축복, 이 모든 것들이

사라지고, 멎고, 죽었어요. 예, 이 아이와 함께 갔어요.　　　　95

내게 생명을 주었던 숨결이 이 상처들에서 새나왔어요.

이 치명적인 상처를 입힌 자들이 나를 살해했어요.

사랑이 이유였고, 끔찍스런 증오는 거기서 자랐어요.

로렌조와 젊은 발사자르는 증오심을 품게 되었고,

내 아들은 벨-임페리아를 사랑하였던 것입니다.　　　　100

그러나 밤이, 저주받은 범죄를 덮어 감싸주는 밤이,

칠흑 같은 적막으로 이 역도들의 만행을 감추었고,

그자들이 자유롭게 일을 저지르도록 허락했으니,

내 집 정원에 숨어들어, 야음을 이용해, 내 아들,

사랑하는 호레이쇼를 살해할 계획을 세웠던 겁니다.　　　　105

거기서 그자들은 칠흑 같이 어두운 밤에 내 아들을

무참하게 도륙하여, 처참한 죽음을 맞게 하였습니다.

내 아들이 소리쳐요. 그때 들은 소리가 지금도 들려요.

허공에 끔찍하게 메아리치던 내 아들의 비명 말예요.

나는 정신없이 서두르며 소리나는 곳으로 달려갔고,　　　　110

나무에 목매어 매달려 있는 내 아들을 보았던 거예요.

보다시피 칼에 찔려 피투성이로 죽어 있는 내 아들을.

이 참경을 목격한 내게 닥친 슬픔을 짐작이나 하시오?

말해 봐요, 포르투갈 양반, 당신도 자식을 잃었잖소?

당신이 당신의 발사자르를 잃고 슬퍼할 것이라면,   115

나도 내 자식 호레이쇼를 잃고 방성대곡하였다오.

그리고, 당신,⁴ 겉으로는 나와 화해한 당신 아들은,

거침없이 굴면서 속이 안 드러날 것으로 생각했고,

나를 놓고는 정신나간 미치광이라고 불렀으렸다?

"주께서 저 미친 히에로니모를 치유하시길!" 하며.   120

우리들이 공연한 비극의 종말을 어떻게 견디려오?

그리고 여기 이 피에 젖은 손수건을 보시오.

호레이쇼의 죽음 앞에서 나는 울면서 이 수건을

강물처럼 흐르는 그 아이의 피에 담구어 적셨소.

이 손수건을, 다행천만하게도, 나는 간직해 왔고,   125

이것이 피맺힌 내 가슴을 떠나 본 적이 없었으니,

이걸 볼 때마다 나는 결의를 새로이 하고는 했소.

저주받은 살인자들을 처단하고 말리라 다짐하면서.

이제 그 일을 해냈으니, 내 가슴은 만족스럽구려.

이를 이루기 위해 나는 파샤 역을 맡았던 것이니,   130

---

4 카스틸을 향해 하는 말.

그럼으로써 로렌조에게 복수할 수 있었던 것이오.

그런 연유로 로렌조로 하여금 로데스의 기사 역을

맡아 달라고 하였고, 그렇게 함으로써 나는 연극이

진행되는 도중에 그자를 쉽사리 죽일 수가 있었소.

이와 마찬가지로, 부왕, 그대의 아들 발사자르도,   135

벨-임페리아가 퍼시다의 역을 맡아 하며 살해한

솔리만으로 분하도록 계획을 세웠던 것이니, 그가

그런 비극적 역할을 맡도록 지시한 것은, 그녀에게

해악을 끼친 그를 실제로 죽일 수 있도록 함이었소.

불쌍한 벨-임페리아는 자신의 역을 잘못 수행했소.   140

비록 이야기 자체는 그녀의 죽음을 설정하였지만,

나는 벨-임페리아를 향한 연민의 정으로 인해,

그녀의 최후를 실제와는 달리 설정하였더랬소.

허나 그자들이 미워한 사람에 대한 그녀의 사랑은

그녀로 하여금 그토록 결연한 최후를 맞게 하였소.   145

자, 그러니, 군왕들이시여, 이 비극의 작가이며

배우였던 히에로니모를 잘 보시오. 자신의 최후를

결정하기로 마음먹고, 서슴없이 시행하는 모습을.

앞서 간 배우들 중의 어느 누구에도 못지않게

자신의 역을 결연하게 실행에 옮기는 모습을.   150

자, 여러분, 나는 내 연극을 이렇게 마무리하오.

더 이상 말하게 하지 마오. 더는 할 말이 없소.

[뛰어가며 스스로 목을 매려 한다.]

국왕 오, 들어요, 부왕! 그만, 히에로니모!

아우, 내 생질인 아우의 아들이 살해당했네!

부왕 우린 속았소! 내 발사자르가 살해당했소!　　　　　155

회랑 문을 부수고[5] 뛰어들어, 히에로니모를 말려!

[사람들 뛰어들며 히에로니모를 제지한다.]

히에로니모, 전하께 자초지종을 고하게.

내 명예를 걸고 말하네만, 그대는 무사할 게야.

히에로니모 부왕, 당신에게 목숨을 구걸하진 않겠소.

난 내 생명을 오늘 내 아들한테 이미 바쳤다오.　　　　　160

저주받은 자! 죽으려 작정한 사람을 왜 말리는 거요?

국왕 말을 해, 역도! 능지처참할 백정놈, 말을 해!

이제 네놈을 잡았으니, 말하게 하고야 말겠다.

왜 이런 몹쓸 짓을 저지른 것이냐?

부왕 내 아들 발사자르를 살해한 이유가 뭐야?　　　　　165

카스틸 어쩌자고 내 자식을 둘 다 도륙한 것이야?

히에로니모 아, 말 한번 잘들 하시는구려!

내 아들 호레이쇼는 내게 소중한 자식이었소.

당신, 당신, 그리고 당신 자식이 당신들에게 소중했듯 ─

내 죄 없는 아들이 로렌조에게 살해당했고,　　　　　170

5　히에로니모는 앞서 카스틸에게 관객 입장이 끝나면 문을 닫고 열쇠를 자기에게 던져
　　달라고 했었다. (4막 3장, 11~12행)

로렌조와 저 발사자르를 죽임으로써

나는 마침내 철천지원수를 갚은 것이니,

하늘이 이자들의 영혼에 이보다 더 큰

천벌을 내려야 복수가 완결되는 것이요.

카스틸 헌데 너와 공모한 자들은 누구냐?   175

부왕 당신 딸 벨-임페리아였소. 내 아들 발사자르는

그 여자 손에 죽었소. 그 여자가 찌르는 걸 내가 보았소.

국왕 왜 아무 말이 없나?

히에로니모 제아무리 군왕이라 할지라도, 무해한

침묵을 능가하는 부자유를 어찌 강요할 수 있으리요?   180

해 보시오. 말할 수도 없고, 말하지도 않으리니, 그리 아시오.

국왕 형틀을 가져와라. 네놈이 역도인 만큼, 입을 열게 하겠다.

히에로니모 할 테면 해 보시오.

전하께선 저분의 악랄한 아들이 내 호레이쇼를

살해했을 때만큼 나를 고문할 수도 있을 것이외다.   185

허나 절대로 입 밖에 내지 않기로 맹세한 비밀을

전하는 천하 없어도 내게서 캐낼 수 없을 것이외다.

그런 연유로, 전하의 위협이 아무리 큰 것일지라도,

저들의 죽음에 기뻐하며, 또 저들에게 한 복수에 만족해,

바치오이다. 먼저 내 혀를, 그 다음엔 내 심장을 취하시오.   190

　　　[혀를 깨물어 내뱉는다.][6]

국왕 오, 비열한 자의 끔찍하게 모진 결의로고!

보시오, 부왕, 자기 혀를 깨물어 내뱉었구려.

과인이 한 질문에 대답하지 않으려고 말이요!

카스틸 그래도 손으로 쓸 수는 있지요.

국왕 만약에 이 질문에 답을 하지 않는다면,   195

비열한 자를 벌하려 일찍이 생각해낸 그 어떤

형벌보다도 가혹한 죽음의 수단을 고안하려오.

[히에로니모 펜을 벼릴 칼이 필요하다는 몸짓을 한다.]

카스틸 아, 저자가 펜을 벼릴 칼이 필요한 모양이오.

부왕 예 있다. 있는 그대로 진실을 밝히렸다!

[히에로니모 비수를 받아 카스틸을 찌르고⁷ 자신의 몸을 찌른다.]

국왕 내 아우를 지켜라! 히에로니모를 말려라!   200

어느 시대에 이런 끔찍스런 만행을 들어 본 적 있는가?

내 아우가, 그리고 나 죽은 다음에 스페인의 대통을

이어나가리라 걸었던 희망이 모두 스러지고 말다니!

---

6 1602년판에는 이 다음에 50행이 덧붙여져 있으나, 이는 183행부터 190행까지를 대
   체하는 것으로 되어 있고, 극적 긴박감으로 볼 때에도 원래의 텍스트보다 효과가 떨
   어진다. 아니면, 작가는 초고에 썼던 것을 지우고 그 부분을 새로 썼는데, 1602년판
   을 편집한 사람이 이를 다시 살려 삽입한 것일 수도 있을 것이다.
7 히에로니모가 자결하기 전 카스틸을 살해하는 것은 잘 이해가 안 된다. 카스틸이 로
   렌조의 아버지이기는 하지만, 이 이유만으로는 카스틸을 죽이는 것이 정당화될 수
   없다. 카스틸의 딸인 벨-임페리아를 죽음에서 구하려 했다는 고백을 히에로니모
   가 하지 않았던가? 역자는 히에로니모가 카스틸을 살해하는 것이 증오에서 우러난
   행동이라기 보다는, 차라리 '자비심에서 우러난 행위'로 보고 싶다. 히에로니모 자신
   이 자식을 잃은 고통이 얼마나 큰 것인지 겪어 보아서 알고 있다. 로렌조와 벨-임페
   리아 남매를 동시에 잃은 카스틸이 남은 생을 살면서 겪게 될 고통으로부터 그를 해
   방시켜 주고 싶은 마음에서 그를 죽인다고 보면 무리일까? 'Euthanasia (mercy killing)'
   의 좋은 예이다.

자, 그의 시신을 이곳으로부터 옮겨라. 내 사랑하는

아우의 안타까운 죽음을 과인은 애도할 것인즉,　　　　　　　　205

무슨 일이 있더라도 정중한 장례로 안장하리라.

나는 내 가계에서 유일하게 남은 마지막 혈손이로구나!

부왕　그럼, 돈 페드로, 과인을 위해 같은 일을 해 주게.

비명에 살해당한 내 불운한 아들 시신을 옮겨 주게.

아무도 타지 않은 선박의 한가운데 자리한 돛대 곁에　　　　　210

나를 내 아들 곁에, 내 아들을 내 곁에, 눕혀 주게나.

그리하여 울부짖으며 파도치는 스킬라의[8] 만(灣)으로

바람과 조수가 나를 이끌고 가게 하든지, 아니면

끔찍스런 아케론의[9] 여울로 나를 데려가도록 해서,

내 귀여운 발사자르의 상실에 마음껏 통곡하려네.　　　　　　215

스페인에는 포르투갈인이 몸 붙일 데가 없네 그려.

[장송 나팔 울리고, 스페인 국왕은 아우 시신을 따라,

포르투갈 부왕은 아들 발사자르의 시신을 따라 퇴장]

8　스킬라(Scylla)는 머리가 여섯 개인 바다의 괴물인데 여자의 모습을 하고 있다.
9　아케론(Acheron)은 저승에 있는 강인데, 죽은 자의 영혼은 사공인 캐론(Charon)이
　　젓는 배를 타고 이 강을 건너 하계로 간다고 알려져 있다.

코러스[1]

[안드레아의 혼령과 복수의 정령 등장]

안드레아 그래, 이제 내 희망이 모두 이루어졌으니,

피와 슬픔이 나의 욕망을 충족시켜 주었기 때문이야.

호레이쇼는 그의 아버지의 정자에서 살해되었고,

흉폭한 써베린은 페드린가노의 손에 처치되었고,

간악한 페드린가노는 절묘한 계책으로 교수되었고,　　　　　　5

마음씨 고운 이사벨라는 스스로 목숨을 끊었고,

발사자르 왕자는 벨-임페리아가 찔러 죽였고,

카스틸 공작과 그의 못돼먹은 아들놈은

둘 다 늙은 히에로니모가 도륙을 해 버렸어.

내 사랑 벨-임페리아는 디도처럼[2] 자결을 했고,　　　　　　10

선량한 히에로니모도 스스로 목숨을 끊어 버렸어.

그래, 이 모두가 내 영혼을 기쁘게 하는 장면이었어.

이제 난 자애로운 프로써피나에게[3] 빌어야겠어.

하계의 여왕으로써 내리는 판결의 일환으로써,

나는 벗들과 회동하여 즐거운 자리를 갖도록 하여 주고,　　　　15

내 적들에게는 받아 마땅하고 뼈아픈 응징을 해 달라고.

1　이 코러스(Chorus)는 에필로그(Epilogue)에 해당한다.

2　디도(Dido)는 카르타고의 여왕이었는데, 트로이가 망하고 나자 토로이를 떠나 카르타고에 온 트로이의 장군 애네아스(Aeneas)와 사랑에 빠졌다. 그러나 애네아스가 조국의 부활을 도모하려 그녀를 버리고 카르타고를 떠나자, 디도여왕은 자결하고 말았다.

3　프러써피나(Proserpina)는 하계의 여왕이자 하계의 왕인 플루토(Pluto)의 아내이다.

나는 내 벗 호레이쇼를 안내할 테야. 끝없는 전쟁들이

영원히 치루어지고 있는 광활한 들판으로.

나는 마음씨 고운 이사벨라를 인도할 거야. 가슴 아파

울기는 하지만 고통을 느끼지 않는 삶으로.　　　　　　　　20

나는 내 벨-임페리아를 데려갈 테야. 순결한 처녀들과

아름다운 여왕들이 향유하는 환희의 세계로.

나는 히에로니모를 안내할 거야. 오르페우스가[4] 탄주하며

영원한 나날에 달콤한 기쁨을 더하는 곳으로.

그런데, 복수, 그대의 도움이 필요하니, 말해 주게.　　　　25

나머지 것들에게는 내 증오를 어떻게 보여줄거나?

복수의 정령　분노의 여신들과 악귀들과 고통만 있는

깊고 깊은 지옥으로 이 손이 그자들을 끌어 내릴 것일세.

안드레아　허면, 정겨운 복수, 내 소청을 들어 주게.

내가 판관으로 그자들에게 불휴(不休)의 판결을 내리게 해 주게.　30

불쌍한 티티우스를[5] 독수리의 발톱에서 해방시켜 주고,

돈 싸이프리언으로 하여금 그 자리를 메꾸도록 하게.[6]

4　산천초목과 들짐승들도 감동시켰다는 하프의 명수. 아내 에우리디케(Euridice)가 죽
　　자 그녀를 이승으로 다시 데려오고자 하계로 내려갔다가 결국은 실패했다는 그리스
　　신화의 주인공.

5　티티우스(Tityus)는 제우스와의 사이에서 아폴로와 아르테미스 두 신들을 낳은 레토
　　(Leto)를 범하려 하였기에 제우스의 분노를 사 형벌을 받게 되었다.

6　돈 싸이프리언이 딸 벨-임페리아와 사랑을 나눈 안드레아를 그녀의 온당한 배필로
　　인정하지 않았음은 로렌조의 대사에서 몇 번 언급되었다. 그렇다손 치더라도 안드레
　　아가 카스틸 공 싸이프리언을 이토록 증오하는 것은 관객의 입장에서 잘 이해가 안
　　된다. 자신이 사랑하던 벨-임페리아의 아버지를 영혼이 되고 나서도 그토록 증오하

돈 로렌조를 익시온이[7] 묶여 있는 수레바퀴에 대신 얹고,

사랑에 빠졌던 익시온을 끝없는 고통에서 해방시켜 주게.

(주노는 옛날의 분노를 잊고, 익시온을 용서하는 거야.)   35

발사자르를 키메라의[8] 목 근처에서 목을 매달아

이 위에 있는 우리들의 기쁨을 보고 툴툴대면서,

자신의 유혈낭자한 사랑을 거기서 한탄하라고 해.

써베린은 산꼭대기로 운명의 바위를 밀어올리며

끝없는 노역을 시지푸스로부터[9] 인계받으라 해.   40

거짓으로 찬 페드린가노는, 교활함의 대가로,

펄펄 끓는 아케론[10] 강물 위로 끌려다니며,

신들과 신들의 성스런 이름을 저주하면서,

끝없이 타오르는 불길 속에서 죽으려 살라 해.

복수의 정령 그러면 우리 서둘러 하계로 내려가   45

자네 벗들과 적들을 만나, 벗들은 평온으로 모시고,

원수들은 고통 속에 자리 잡게 만드세. 지상에서는

죽음이 그자들의 고통을 끝낼 수 있을지 몰라도,

는 것은 납득하기 어렵다.

7 익시온(Ixion)은 제우스의 아내인 주노(Juno)를 유혹하려 했다가 제우스의 노여움을
   사 수레바퀴에 매여 영원히 시달리는 형벌을 받았다.

8 키메라(Chimera)는 사자의 머리, 염소의 몸통, 뱀의 꼬리를 가진 괴물로서 불을 뿜어
   낸다고 믿었다.

9 시지푸스(Sisyphus)는 코린트(Corinth)의 왕이었는데, 지옥으로부터 산 정상으로 큰
   바위를 굴려 올려야 하는 형벌을 받았다. 정상에 도달하면 바위는 도로 굴러내렸으
   므로, 끝없이 계속되는 노역을 할 수밖에 없었다.

10 아케론(Acheron)은 하계에 있는 강인데 불길에 싸여 있다고 믿었다.

지옥에서는 끝이 없는 비극을 시작할 참이라네.

[안드레아의 혼령과 복수의 정령 함께 퇴장]

[막이 내린다.]

극의 전개

1막 1장

안드레아의 혼령이 복수의 정령에게 자신이 어찌하여 죽음을 맞게 되었고, 그의 영혼이 하계에 내려가 어떤 과정을 거쳤는지 요약하여 말해 주고, 후자는 전자에게 그의 죽음에 대한 복수가 어떻게 실현되는지 이제부터 볼 수 있을 것이라고 말한다. 이 연극의 서두이자 가장 외곽에 자리하는 틀이며 '코러스'의 역할을 하는 부분이다.

1막 2장

포르투갈과의 전쟁에서 승리하고 귀환한 대장군이 스페인 국왕에게 승전을 고하고 자세한 보고를 한다. 전투의 와중에 안드레아가 포르투갈 왕자 발사자르에게 죽임을 당했고, 친구 안드레아의 죽음을 복수하려 호레이쇼는 발사자르와 일대일의 결투를 제안하였고, 결국 발사자르는 생포되어 스페인으로 볼모가 되어 잡혀 왔다는 보

고를 한다. 곧이어 왕 앞에 발사자르가 호레이쇼와 로렌조 — 국왕의
조카 — 에게 이끌려 들어오고, 국왕은 발사자르를 생포한 공에 대한
포상을 공평하게 하기 위해, 발사자르의 무기와 말은 로렌조가 갖도
록 하고, 발사자르의 몸값은 호레이쇼의 차지가 되도록 명한다. 그리
고 포로가 된 발사자르는 로렌조의 집에 기거하라는 명을 내린다.

1막 3장

스페인과의 전쟁에서 패한 포르투갈 부왕은 아들 발사자르가 전
사한 것으로 믿고 비탄에 잠겨 있다. 알렉산드로는 발사자르가 생포
되었을 것이라는 믿음을 가지고 부왕을 위로하려 애쓴다. 빌루포는
동료인 알렉산드로가 전투가 진행되는 와중에 고의로 발사자르에
게 총상을 입혀 죽게 만들었다는 거짓 보고를 하여 알렉산드로를 모
함하여 그를 곤경에 빠뜨리고 부왕의 환심을 산다.

1막 4장

벨-임페리아에게 그녀의 아버지 카스틸의 명을 전하려 온 호레
이쇼는 안드레아를 사랑했던 그녀에게 안드레아가 전사하게 된 자
초지종을 들려주고, 자신이 안드레아의 시신을 수습하여 장례를 치
루어 주었다는 이야기를 한다. 벨-임페리아는 안드레아와의 우정을
끝까지 지킨 호레이쇼에게 감사를 표함과 동시에, 안드레아가 죽은
마당에 호레이쇼를 애인으로 삼으리라 마음먹는다. 호레이쇼가 퇴
장하자 로렌조와 발사자르가 등장하고, 발사자르는 벨-임페리아를

향한 연모의 정을 표시하지만, 벨-임페리아는 그를 차갑게 대한다. 벨-임페리아가 자리를 뜨며 떨어뜨린 장갑을 재등장하는 호레이쇼가 집어 건네주자 벨-임페리아는 호레이쇼에게 그 장갑을 지녀도 좋다고 말하며 퇴장한다. 호레이쇼는 로렌조와 발사자르에게 포르투갈 대사가 도착하였고 국왕이 그리로 오고 있으니 맞을 준비를 하라는 전갈을 한다.

1막 5장

포르투갈 대사를 맞는 향연이 시작되기 전 히에로니모는 준비한 무언극을 여흥으로 보여줌으로써 양국 간에 있어 온 분쟁으로 야기된 적의를 무마하려 노력한다.

2막 1장

아무리 벨-임페리아에게 구애를 하여도 그녀가 냉랭한 반응을 보이므로 실의에 빠져 있는 발사자르에게 로렌조는 시간이 흐르면 그녀의 마음이 돌아설 것이라는 말을 하며 위로한다. 벨-임페리아가 발사자르에게 전혀 관심을 안 보이는 것은 그녀가 사랑하는 사람이 따로 있기 때문일 것이라 믿는 로렌조는 하인 페드린가노를 불러 회유와 협박을 하여 벨-임페리아의 새로운 연인이 호레이쇼라는 사실을 알아낸다. 로렌조와 발사자르는 벨-임페리아와 호레이쇼가 밀회를 즐기는 순간을 포착하여 호레이쇼를 살해하려는 계획을 세운다.

2막 2장

호레이쇼와 벨-임페리아가 만나 서로에 대한 사랑을 고백하는 장면을 페드린가노의 안내를 받아 등장한 로렌조와 발사자르가 목격하고 두 사람의 대화를 엿듣는다. 호레이쇼의 아버지 히에로니모가 소유하는 정원의 정자에서 그날 밤 밀회하기로 약속하는 것을 엿들은 로렌조와 발사자르는 거기서 호레이쇼를 급습하기로 마음먹는다.

2막 3장

스페인 국왕은 아우 카스틸의 딸인 벨-임페리아와 발사자르를 혼약으로 맺어 줌으로써 양국 간의 화평을 도모하려는 계획을 세우고, 귀환하는 포르투갈 대사에게 이 혼약이 성사되면 따르게 될 여러 이득에 대해 포르투갈 왕에게 전언해 줄 것을 당부한다.

2막 4장

호레이쇼와 벨-임페리아가 히에로니모의 정원에서 밀회를 즐기며 사랑의 유희에 젖어들고 있을 때, 페드린가노의 안내를 받아 로렌조와 발사자르가 하인 써베린을 데리고 정자를 급습하여 호레이쇼를 나무에 매달고 척살한다.

2막 5장

한밤중에 들린 비명소리에 깨어난 히에로니모가 정원에 들어와 나무에 매달려 있는 시신을 내리고는 곧 자신의 아들임을 깨닫는다.

히에로니모를 따라 나온 아내 이사벨라도 아들의 죽음을 알고 경악한다. 히에로니모는 아들을 살해한 자를 반드시 찾아내 복수할 것을 다짐하며 시신을 들쳐업고 퇴장한다.

3막 1장

아들 발사자르가 죽었다고 믿으며 가혹한 운명의 부침을 탄식하는 포르투갈 왕은 알렉산드로의 처형을 명한다. 알렉산드로가 형장으로 이끌려 나가려는 찰나, 스페인에서 귀환한 포르투갈 대사가 급히 들어오며 알렉산드로의 처형을 중지하고 빌루포를 체포하라는 말과 함께 발사자르가 건재하다는 사실을 밝히고, 스페인 국왕이 보낸 친서를 전달한다. 그리하여 알렉산드로와 빌루포의 운명은 순식간에 뒤바뀐다.

3막 2장

아들 호레이쇼의 죽음을 슬퍼하는 히에로니모가 어떻게 해서든지 범인을 찾아내 복수하고야 말리라는 결심을 다짐하는데, 벨-임페리아로부터 호레이쇼를 살해한 장본인이 자신의 오라비 로렌조이며 호레이쇼의 죽음에 대한 복수를 해 달라는 편지가 온다. 히에로니모는 이것이 자기를 유인하려는 의도로 쓴 거짓 편지일지도 모른다는 의심을 하며 그 내용의 진위를 알아보려 마음먹는다. 히에로니모가 페드린가노에게 벨-임페리아의 소재를 묻는 순간 로렌조가 등장하고, 히에로니모는 로렌조에게 벨-임페리아에게 전할 말이 있었다는 말을 남기고 퇴장한다. 히에로니모가 무엇인가 낌새를 챈 것이 아닌가 의심하며 로렌조는 발사자르의 하인 써베린이 호레이쇼의 죽음에 관해 발설한 것은 아닌지 걱정하며 그를 처치해버리기로 마음먹고, 페드린가노로 하여금 근처의 공원에서 써베린을 죽이라고 명한다. 페드린가노가 써베린을 죽인 살인범으로 체포되면 교수형을 받게 될 테고, 그리되면 호레이쇼 살해의 비밀을 알고 있는 자들을 동시에 제거할 수 있을 것이기 때문이다.

3막 3장

공원에서 기다리고 있는 페드린가노 앞에 로렌조의 사동으로부터 거짓 전갈을 받은 써베린이 나타나자 페드린가노는 권총을 쏘아 써베린을 살해한다. 로렌조가 조치해 놓은 대로 미리 경비를 서고 있던 파수꾼들은 페드린가노를 살인 현행범으로 체포하지만, 페드린가노는 로렌조가 자신을 비호해 줄 것이란 믿음을 굳게 갖고 아무런 걱정도 하지 않고 붙들려 간다.

3막 4장

로렌조가 발사자르에게 아무래도 하인들이 호레이쇼 살해에 관해 히에로니모에게 실토한 것 같다는 말을 하고 있을 때, 사동이 나타나 써베린이 살해당했고 페드린가노가 써베린의 살해범으로 체포되었다고 보고한다. 로렌조는 발사자르에게 페드린가노의 처형이 속히 집행되도록 국왕에게 청원하라는 당부를 하고, 곧 사동에게 감옥으로 달려가 페드린가노의 구명은 자신이 책임지겠다는 말로 안심시키라고 명한다. 그리고 사면장이 들어 있다고 말하며 상자 하나를 페드린가노에게 전하라고 한다.

3막 5장

감옥으로 페드린가노를 만나려 가는 도중 사동은 로렌조가 준 상자가 텅 비어 있다는 사실을 발견하고, 사면장만을 믿고 형장에서도 계속 기고만장해 할 페드린가노의 모습을 미리 떠올리며 재미있어 한다.

3막 6장

자신에게 닥친 비운에 대한 복수는 실현하지 못하면서 사회정의를 위해 법을 집행해야 하는 처지를 탄식하는 대법관 히에로니모 앞에 써베린을 살해한 페드린가노가 출두한다. 사동이 들고 있는 상자에 사면장이 있다고 굳게 믿는 페드린가노는 형이 집행되기 직전까지 도도하게 굴며 형집행리를 조롱한다.

3막 7장

법을 집행하여 정의를 유지하는 자신이 무고한 아들의 죽음에 대해서는 아무런 정의를 구현하지 못하고 있는 현실에 절망하고 있는 히에로니모 앞에 형집행리가 나타나 페드린가노가 수중에 지니고 미처 로렌조에게 보내지 못한 편지를 보여준다. 그 편지에는 써베린의 살해 뿐만 아니라 그에 앞서 호레이쇼의 살해도 로렌조와 발사자르가 계획한 일이고 페드린가노는 하수인에 불과했다는 사실이 밝혀져 있다. 히에로니모는 이제 벨-임페리아로부터 받은 편지가 거짓된 것이 아님을 깨닫게 되고, 아들을 살해한 자들을 처단해 달라는 청원을 국왕에게 하리라 마음먹는다.

3막 8장

아들의 죽음을 비통해하는 이사벨라는 정신착란의 조짐을 보인다.

3막 9장

오라비에 의해 유폐된 벨-임페리아는 호레이쇼의 죽음에 대한 복수가 이루어지지 않음을 탄식하며 때가 올 때까지 기다리리라 다짐한다.

3막 10장

로렌조는 페드린가노가 처형된 것을 확인하고 나서 유폐된 벨-임페리아를 풀어주기로 한다. 로렌조 앞에 나타난 벨-임페리아는 오라비의 비정함을 힐난하지만, 로렌조는 그 모두가 누이를 위해서 한 일이었다고 말하며 발사자르의 구애를 받아들이라고 한다. 벨-임페리아는 계속 발사자르에게 야유 섞인 말대꾸를 하며 그를 조롱한다.

3막 11장

카스틸 공작을 찾아가는 두 명의 포르투갈인들이 히에로니모에게 길을 묻자, 히에로니모는 그들이 알아들을 수 없는 말로 대꾸를 하여 그들에게 실성한 사람이라는 인상을 준다.

3막 12장

비탄에 빠진 히에로니모는 비수와 밧줄을 들고 스스로 목숨을 끊으려면 어느 쪽을 택할 것인지 망설이다가 아들의 복수를 실현하기 위해서라도 목숨을 부지해야 한다고 마음을 고쳐 먹는다. 국왕과 포르투갈 대사, 그리고 카스틸과 로렌조가 뒤따라 등장하여 발사자르와 벨-임페리아의 결혼식에 포르투갈 왕이 참석하고자 한다는 이야기를 나누자 히에로니모가 뛰어들어 정의를 구현해 달라고 왕에게 청원한다. 로렌조가 히에로니모를 저지하지만 히에로니모는 건잡을 수 없는 광기를 보이고, 국왕은 그 모습에 당혹해하면서도 혼사를 추진할 것을 지시한다.

3막 13장

호레이쇼의 죽음에 대한 복수의 일념에 젖어 있는 히에로니모에게 탄원자들이 몰려와 정의를 구현해 달라고 청원한다. 그중에 바줄토라는 노인이 자기 아들이 살해당했으니 그 한을 풀어달라고 읍소한다. 바줄토와 자신의 처지가 동일한 것을 깨닫고 히에로니모는 순간적으로 정신착란을 겪으며 눈앞에 있는 바줄토를 저 세상에서 돌아온 호레이쇼로 착각하기도 하다가 동병상련의 정을 느끼며 함께 퇴장한다.

3막 14장

발사자르와 벨-임페리아의 결혼식에 참석하려 온 포르투갈 왕을 스페인 국왕이 영접하고 양국의 영원한 화친을 다짐한다. 두 임금이 자리를 뜨자 카스틸은 아들 로렌조에게 세상에 나도는 소문이 사실인지 묻는다. 즉 히에로니모가 국왕에게 무엇인가 청원하려 하는 것을 로렌조가 가로막고 있다는 소문이 도는데 그것이 사실인지 묻는다. 로렌조는 그것이 전혀 사실이 아니라고 대답하고, 카스틸은 히에로니모를 불러 둘 사이에 오해가 없기를 바란다는 말과 함께 두 사람 사이를 좋게 만들려 애쓴다. 히에로니모는 겉으로는 로렌조에게 아무런 사감이 없는 듯이 카스틸의 질문에 답하지만, 마음 속으로는 복수의 칼날을 간다.

4막 1장

벨-임페리아는 아들의 복수를 지연시키고 있는 히에로니모를 힐책한다. 히에로니모는 자신이 벨-임페리아가 보낸 편지를 처음에는 의심했지만 이제는 그 내용이 사실임을 알기에 복수를 실천할 터이니 때를 기다려 달라고 말한다. 그 자리에 로렌조와 발사자르가 등장하여 결혼을 축하하는 여흥을 준비해 달라고 히에로니모에게 요청한다. 히에로니모는 흔쾌히 그 요청을 받아들이면서, 비극을 한 편 준비할 터이니 그들 모두가 공연에 직접 참여하여 달라는 제안을 한다. 공연 작품은 〈솔리만과 퍼시다〉인데, 솔리만은 발사자르, 퍼시다는 벨-임페리아, 파샤는 히에로니모, 로데스의 기사는 로렌조가 각

기 맡아 연기하되 제각기 다른 언어로 대사를 읊으며 연극을 진행할
것이라고 말하며 미리 준비한 대본들을 건네준다.

4막 2장

호레이쇼가 죽임을 당한 정원에서 이사벨라는 비탄과 절망이 뒤
섞인 독백을 한참 하고 나서 스스로 가슴을 찌르고 죽음을 맞는다.

4막 3장

공연을 앞 두고 히에로니모는 무대 장치를 준비한다. 카스틸에
게 연극 대본을 국왕에게 전해 달라는 말과 함께 공연이 시작되면 공
연장의 열쇠를 자기에게 던져 달라는 부탁을 하는데, 이는 아무도 그
곳을 벗어나지 못하게 하려는 그의 계획을 암시한다.

4막 4장

극중극이 진행되는 장면. 히에로니모와 벨-임페리아는 연극이
진행되는 도중 실제로 발사자르와 로렌조를 찔러 죽이고, 벨-임페
리아는 공연 속에서의 자결과 현실에서의 자결을 합일시킨다. 연극
의 줄거리는 다음과 같다. 터키 황제 솔리만(발사자르 분)은 로데스와
의 전쟁을 승리로 이끈 파샤(히에로니모 분)에게 치하를 하며, 특히 아
름다운 퍼시다(벨-임페리아 분)를 자기 눈에 뜨이게 만들어 준 것에
대해 감사한다. 파샤는 솔리만에게 퍼시다를 애첩으로 삼으라 권유
하지만, 로데스의 장군 에라스토와 퍼시다가 서로 사랑하는 사이라

는 것을 알고 있는 솔리만은 선뜻 에라스토를 제거하고 퍼시다를 차지하기를 주저한다. 파샤는 솔리만의 마음을 잘 알기에 에라스토를 척살하는데, 눈앞에서 죽임을 당한 에라스토를 복수하려 퍼시다는 자신에게 구애를 하여 오는 솔리만을 죽이고, 그 칼로 자결한다. 눈앞에서 실현되고 있는 히에로니모의 실제의 복수를 감지하지 못하고 있는 관객들에게 히에로니모는 방금 보여진 연극이 허구의 세계를 그려내면서도 실제로 벌어진 유혈사태임을 천명한다. 그리고 자신은 벨-임페리아가 무대 위에서 실제로 죽음을 맞기를 의도하지 않았음에도 그녀가 스스로 목숨을 끊은 것을 안타까워하면서, 이제 호레이쇼의 복수가 완결되었으니 죽어도 좋다고 말하며 스스로 목을 매려 한다. 모두가 달려들어 그를 말리고 취조하려 들자, 히에로니모는 더는 말하지 않겠다며 혀를 깨물어 내뱉는다. 그리고는 펜으로 적어 대답하겠다는 시늉을 하여 펜을 깎을 칼을 가져오게 한 다음, 히에로니모는 그 칼로 로렌조와 벨-임페리아의 아버지 카스틸을 찔러 죽인다. 그리고는 자신의 몸을 찔러 '연극'을 마무리하며 동시에 그가 계획한 실제의 복수극에 종지부를 찍는다. (히에로니모가 카스틸을 죽임은 증오에서 우러난 것이라기보다는 '자비로운' 행위라고 보아야 한다. 눈앞에서 아들과 딸이 죽는 장면을 목격한 카스틸이 겪어야 할 고통으로부터 그를 해방시켜 주는 행위이기 때문이다.) 처음부터 끝까지 '서반아비극'이라는 작품을 관람하여 온 '무대 위의 관객'인 안드레아의 혼령과 복수의 정령은 '복수'가 실현되었음에 흡족해하며 퇴장한다.

관극(觀劇)의 본질에 대한 탐구로서의 〈서반아 비극〉

토머스 키드(Thomas Kyd, 1558~1594?)는 셰익스피어에 앞서 활동을 한 영국 엘리자베스 여왕 시대의 극작가들 가운데 가장 주목해야 할 사람들 중의 하나다. 그러나 18세기 말에 이르기까지 극작가로서의 그의 명성은 두드러진 것이 아니었다. 영국 극문학에서의 키드의 위치가 정립된 것은 1770년대에 이르러서였다.

런던에서 활동하던 공증인의 아들로 태어난 그는 에드먼드 스펜서(Edmund Spenser)가 다닌 학교로 잘 알려진 명문 Merchant Taylors' School에서 수학하였으나, 대학교로 진학하지 않고 가업을 이어 공증인의 생활을 택하였다. 그러나 다방면에 관심이 많고 어느 한가지 일에 꾸준히 몰두하는 성격을 타고나지 않은 그는 성공적인 직업인은 아니었던 듯하다. 그는 라틴문학에 조예가 깊었고, 특히 로마의 비극작가 세네카에 심취하였다. 키드의 대표적 비극 〈서반아 비극〉에 세네카 비극의 영향이 두드러지게 감지되는 것은 그가 얼마나 로마 고전비극에 심취하였던가를 입증한다.

토머스 키드의 〈서반아 비극〉은 영국 르네상스 복수극의 효시이자 전형으로 알려져 있는 작품이다. 줄거리의 출처가 밝혀진 바가 없으니, 키드의 상상력의 소산이라고 단정지을 수밖에 없고, 이 극이 참으로 치밀하고 완벽한 구성을 가진 작품이므로 우리는 키드의 극작술에 경탄을 금치 못한다.

'복수'는 인간의 마음 속에 내재하는 원초적 정의감이 요구하는 행위이다. 억울한 죽음을 불러온 불의에 대한 응징은 인간의 심성에 깊이 도사리고 있는 정의감이 요구하는 것이기도 하거니와, 불의가 자행되고 나서 그에 대한 응징이 뒤따르지 않을 경우에는 당사자는 물론, 주변 인물들이나 관망자들도 마음의 평정을 되찾을 수 없다. 그렇기에 '눈에는 눈, 이에는 이' 같은 '거친 정의(wild justice)'의 구현을 원시적인 법은 요구하였던 것이다.

토머스 키드의 〈서반아 비극〉은 흔히 셰익스피어가 〈햄리트(Hamlet)〉를 쓰게 된 계기를 마련해 준 작품으로 언급되고는 한다. 16세기 말 런던의 무대에 회오리바람을 일으켰던 키드의 복수극 한 편이 무대공연의 추이와 흥행적 파장에 유난히 민감하였던 셰익스피어로 하여금 키드의 작품에 버금가는, 아니, 그를 능가하는 복수극을 쓰겠다는 욕망을 갖도록 하였고, 그 결과로 나타난 작품이 〈햄리트〉였다고 많은 사람들이 믿고 있다. 키드의 〈서반아 비극〉과 셰익스피어의 〈햄리트〉 두 작품은 피상적으로는 상당한 유사성을 가진다고 볼 수 있다. 살해당한 아들을 복수하려는 히에로니모와 암살당한 아버지를 복수하려는 햄리트는 입장만 달리할 뿐, 두 사람이 스스로에게 부과하는 임무는 유사하다. 그리고 무엇보다 혈친의 죽음에 대한 복수는, 고대영시에서도 그려지듯, 사회적 책무이자 문학적 명제이고, 어찌 생각하면 인간의 본성과 직결된 것이기도 하다.

그러나 키드의 복수극과 셰익스피어의 '복수극' ― 이 어휘를 굳이 셰익스피어의 비극에 적용하는 것이 타당하다면 ― 은 근본적인 차이점이 있다. 전자의 경우는 복수의 타당성에 대한 회의가 전무하다. 히에로니모는 절치부심 아들의 죽음에 대한 복수의 기회가 오기만을 기다린다. 그러나 〈햄리트〉에서는 복수라는 행위 자체에 대한 회의(懷疑)가 작품의 중앙에 자리하고 있다. 세네카 비극의 전통 위에 서 있으면서도, 유혈이 낭자한 장면을 관객의 눈앞에 그대로 보여주는 것을 서슴치 않는 키드의 작품은 센세이셔널리즘 자체가 공연의 목표인 듯한 인상을 주지만, 셰익스피어의 〈햄리트〉는 복수라는 행위의 당위성을 주인공이 회의와 번민의 대상으로 삼는다는 점에서 두 작품은 상당한 거리가 있다.

　나는 키드의 〈서반아 비극〉과 셰익스피어의 〈햄리트〉를 비교하고픈 마음은 없다. '복수'라는 명제를 공유하는 작품들이지만, 두 작품은 각기 지향하는 바가 본질적으로 상이하기 때문이다. 후자의 경우, '복수'라는 행위 자체가 주인공이 갖는 회의의 대상인 반면, 전자에서는 주인공이 갖는 복수를 향한 일념이 어떻게 실현되는지를 보여주는 데에 극작가의 관심이 모아지고 있기 때문이다. 셰익스피어의 작품에서는 '복수'라는 행위의 도덕성 자체가 주인공이 갖는 고뇌의 핵심인 반면, 키드의 작품에서는 복수의 실현이 주인공의 뇌리를 지배하는 전부이다.

　막이 오르면 곧바로 액션의 한가운데로 관객을 이끌어 들이는 셰익스피어의 〈햄리트〉에서와는 달리, 키드의 〈서반아 비극〉은 다소 지루하게 느껴질 수도 있는 '도입부'로 시작한다. 1막 1장에 해당하는 이 '서극'은 앞으로 관람할 연극을 이해하기 위해 필요한 예비

지식을 관객들에게 제공하는 역할을 한다. 마치 셰익스피어의 〈템페스트〉 1막 2장에서 프로스페로가 미란다에게 지난 날에 있었던 일들을 소상하게 들려주는 것처럼, 이야기를 듣는 사람의 입장에서는 다소 지루하게 들릴 수도 있는 배경 설명에 해당하는 부분이다. 그러나 이 도입부가 단순히 극을 이해하는 데에 필요한 예비지식을 제공하는 데에만 그 의미가 있는 것은 아니다.

우리가 기억해야 할 것은 이 도입부에 등장하는 두 등장인물 — 안드레아의 혼령과 복수의 정령 — 은 '서극'이 끝나면 무대에서 사라지는 것이 아니라, 이 연극을 관람하는 관객과 함께 무대 위에서 벌어지는 상황을 연극이 끝날 때까지 함께 보고 있다는 사실이다. 물론, 연출자에 따라, 이 도입부가 끝나면 두 초현실적인 등장인물이 퇴장하는 것으로 할 수도 있다. 그러나 키드가 의도한 대로라면, 앞으로 전개될 극적 상황에 직접 관여할 수 없는 두 초현실적인 등장인물이 계속 무대에 남아 있으면서, 무대 위에서 벌어지는 상황을 보고 있어야 한다.

현대의 무대와는 달리, 엘리자베스 시대의 연극 무대에는 상부구조가 따로 마련되어 있었고, 이를 'upper stage'라고 부른다. 관객들이 보고 있는 무대의 한 부분이기는 하지만, 주된 액션이 진행되는 주무대의 윗켠에 따로 마련되어 있는 무대 설정의 한 부분이다. 이는 무엇을 말하는가? 우리 관객들은 연극을 보고 있다. 그런데 무대 위에서 벌어지는 상황을 'upper stage'에 자리 잡고 있으면서 두 초현실의 등장인물들이 우리 관객들과 함께 이를 내려다 보고 있다. 그리고 우리 관객들은, 무대 위에서 진행되는 극을 내려다 보고 있는 '극적 상황 외'의 등장인물들을 동시에 보고 있다. 보고 보임을 당하는 상황, 이것이 모든 연극의 본질이라 할 때, 키드는 이러한 극문학의 본질에 대한 천착을 〈서반아 비극〉이라는 흥행물 한 편을 통해 천명하려 한 것인지도 모른다.

극의 중간중간에 삽입된 '코러스'에서 안드레아의 혼령은 자신이 이승에서 맞은 불의의 죽음에 대한 복수가 속히 이루어지지 않음에 조바심을 느끼며 복수의 정령에게 계속해서 불만을 토로한다. 이는 마치 우리 관객들이 느끼는 조바심을 반영하는 것 같기도 하다. 말하자면 무대 위의 한 등장인물 — 안드레아의 혼령 — 이 우리 관객들이 느끼는 조바심을 대변하여 토로하는 것 같은 효과를 자아낸다. 복수의 정령은 안드레아의 혼령에게 너무 조바심하지 말고 끝까지 지켜보라는 충고를 계속해서 한다. 이는 또한 마치 극작가 키드가 우리 관객들에게 들려주는 충고를 복수의 혼령의 입을 통해 하는 듯하다.

자신의 죽음에 대한 복수가 속히 실현되지 않음에 조바심하는 안드레아의 혼령은 극을 보고 있는 우리들의 호기심을 점증시키는 역할도 하지만, 사건의 추이를 지켜보는 관객의 모습을 무대 위에 반영하는 존재이기도 하다. 복수의 정령은 안드레아에게 너무 조바심하지 말고 기다려보라는 말을 계속해서 한다. 복수의 정령은 사건이 어떻게 진전될 것인지 이미 다 알고 있다. 안드레아와 함께 '관극'을 하고 있는 것이 아니라, 관극을 하는 안드레아의 모습과 반응을 동시에 지켜보고 있는 존재가 복수의 정령이다. 이런 생각을 연장해 보면, 무대 위의 한 등장인물로 설정된 복수의 정령은, 자신이 써 나가는 한 편의 복수극을 관람할 관객이 어떠한 심리적 반응을 보일 것인지를 미리 알고 창작에 임한 토머스 키드의 분신일 수도 있다는 말이 된다.

보고 보임을 당하는 세계, 그것이 바로 연극인 것이고, 이러한 사실을 삶 자체로까지 넓혀가며 도달한 것이 바로 '인생은 연극'이라는 상념(Theatrum Mundi)이다. 그런데 본다는 행위, 보임을 당한다는 사실, 이 둘 만으로 연극의 본질이 다 설명되는 것은 아니다. 보여주는 사람은, 즉 보임을 당하는 사람은, 보는 사람의 모습과 반응을 동시에 본다는 사실을 우리는 간과해서도 안 되고, 망각해서도 안 된다.

〈서반아 비극〉에서 토머스 키드는 여타 복수극에서는 볼 수 없는 극적 장치를 시도하고 있다. 그것은 다름아니라 작품의 종결 부분에 이르러 주인공 히에로니모가 아들 호레이쇼의 복수를 실천하는 과정에서 연극공연이라는 수단을 동원한다는 사실이다. 그리고 발사자르와 벨-임페리아의 결혼을 축하한다는 명분으로 공연되는 〈솔리만과 퍼시다〉라는 극중극이 진행되는 동안, 히에로니모의 복수가 동시에 실현되는 것은 물론이고, 이 '극중극'을 관람하고 있던 사람들 중의 하나인 카스틸마저, 히에로니모가 기획하고, 배우로 분하여 참여하고, 아들의 죽음에 대한 복수를 실제로 이행한 '연극' 공연을 마치고 난 다음에, 히에로니모의 복수극의 희생자가 된다. 말하자면 공연되는 허구의 세계를 표방하는 '연극의 세계'와 공연을 관람하고 있다는 객관적 사실에 입각한 '현실의 세계' 사이의 장벽이 무너지고,

보고 보임을 당한다는, 연극의 공연과 관람이라는 이분법적 개념 자체가 부정되는 것뿐만 아니라, '연극을 관람한다'는 행위가 객관성을 갖는, 공연되고 있는 연극의 내용으로부터 유리된, 하나의 완결성을 띠는 '현실'이 아님을 천명하는 순간이기도 한 것이다.

아무런 잘못을 저지르지도 않았을 뿐만 아니라, 히에로니모의 증오의 대상이 될 아무런 이유가 없는 카스틸이 죽임을 당한다는 사실 앞에 관객들은 '시적 정의(poetic justice)'가 무대 위에서 정당하게 구현되지 않음을 보며 당혹감을 느낄 수도 있을 것이다. 그리고 관객에 따라서는 히에로니모의 복수가 무분별한 피의 향연으로 치닫는다고 생각할 수도 있을 것이다. 그러나 나는 히에로니모가 극중극의 관객에 불과한 카스틸을 척살하는 장면을 과도한 센세이셔널리즘을 위한 유혈극의 연장으로 보고 싶지는 않다. 히에로니모가 카스틸을 죽임은 증오에서 우러난 것이라기보다는 '자비로운' 행위라고 보아야 한다는 것이 나의 해석이다. 눈앞에서 아들과 딸이 죽는 장면을 목격한 카스틸이 겪어야 하는 고통으로부터 히에로니모는 그를 해방시켜 주는 것이기 때문이다. 비록 히에로니모가 죄없는 카스틸을 척살하지만, 이는 그가 카스틸을 증오해서라기보다는 눈앞에서 로렌조와 벨-임페리아 두 자식들이 죽임을 당한 고통으로부터 그를 해방시켜 주는 '자비로운 살해(mercy killing)'이기 때문이다.

히에로니모가 '솔리만과 퍼시다'라는 극중극의 대본을 각자 배역을 맡아 공연에 임할 '배우들'에게 나누어 주며 하는 말이 우리의 관심을 끈다. 그것은 다름 아니라 이 극중극의 등장인물들은 제각기 다

른 언어로 대사를 들려주어야 한다는 사실이다. 이는 마치 바벨탑의
전설을 무대 위에 형상화하는 것이나 다름없다. 현실에서건, 아니면
무대 위에서 펼쳐지는 연극이라는 허구의 세계에서건, 제각기 다른
언어로 말을 한다는 것은 의사소통의 부재를 암시한다. 〈솔리만과 퍼
시다〉라는 극중극의 공연을 통해 복수를 실현코자 하는 히에로니모
는 왜 등장인물들로 하여금 제각기 다른 언어로 대사를 발하게 함으
로써 '소통의 부재'라는 상념을 대전제로 부각시키려 하는 것일까?

　복수의 실현을 위한 한 편의 극중극을 구상하고, 그것을 연출하
고, 자신이 그 공연에 참여하는 히에로니모는 하나의 무대인물일 뿐
만 아니라, 〈서반아 비극〉이라는 한 편의 연극을 구상하고 무대에 올
리고 있는 키드의 분신이기도 하다. 그리고 이 극의 대본을 쓰고 있
는 키드는, 자신이 구상하는 대로 복수의 과업을 실현해내는 히에로
니모라는 무대인물을 통해, 실제의 삶과 연극이라는 허구의 세계가
어떻게 상호 교류를 할 수 있는가를 보여준, 현실과 연극의 세계의
상호 관계를 무대 위에 펼쳐 보여준, '연극의 이론과 실제'를 무대 위
에 형상화한 연극인이었던 것이다.

역자 이성일(李誠一)은 1943년에 출생, 1967년 연세대학교를 졸업하고, 공군사관학교 영어교관으로 근무하였다. 전역 후 도미하여, University of California at Davis에서 영문학 석사(1973), Texas Tech University에서 영문학 박사(1980)를 취득하였다. 1981년 3월에 연세대학교 교수로 임용되어 2009년 2월까지 봉직하였고, 현재 이 대학교 명예교수로 있다. 1987년 1월부터 University of Toronto에서, 그리고 1994년 9월부터 University of Washington에서 각기 1년간 방문교수로서 한국문학을 강의하였고, 2002년 8월부터 1년간 Troy University에 Fulbright Scholar-in-Residence로 체류하며 영문학을 강의하였다.

The Wind and the Waves : Four Modern Korean Poets(1989), *The Moonlit Pond : Korean Classical Poems in Chinese*(1998), *The Brush and the Sword : Kasa, Korean Classical Poems in Prose*(2009), *Blue Stallion: Poems of Yu Ch-whan*(2011), *The Crane in the Clouds : Shijo, Korean Classical Poems in the Vernacular*(2013), *The Vertex : Poems of Yi Yook-sa*(2014), *Nostalgia : Poems of Chung Ji-yong*(2017), *Shedding of the Petals : Poems of Cho Jihoon*(2019)

등 8권의 한국시 영역선집을 출간하였고, 〈리처드 2세〉(2011), 〈줄리어스 씨저〉(2011), 〈리처드 3세〉(2012), 〈오셀로〉(2013), 〈맥베스〉(2015), 〈아말피의 여공〉(2012), 〈포스터스 박사의 비극〉(2015) 등 7편의 영국 르네상스 극문학 작품들을 번역 출간하였으며, 『베오울프』를 비롯한 9편의 고대영시 역주서인 『고대영시선』(2017)을 펴내었고, 현대영어 대역본인 *Beowulf in Parallel Texts*(2017)를 미국에서 펴내었다. 1990년 한국문화예술진흥원 주관 '대한민국문학상' 번역부문 본상을 받았고, 1999년 한국문화예술진흥원 주관 '제4회 한국문학번역상'을 받았다.